阅读，认识你自己
Lege, temet nosce

OWL 猫头鹰

圣诞女孩

〔英〕马特·海格 著

〔英〕克里斯·穆德 绘

鲁梦珏 译

浙江文艺出版社
Zhejiang Literature & Art Publishing House

献给珀尔、卢卡斯和安德莉亚，
我生命中最有魔力的人类。

目 录

拯救圣诞节的女孩

你知道魔法是怎么一回事吗？就是那种让驯鹿飞上天空，让圣诞老伯在一夜之间巡游世界，让时间停止、美梦成真的魔法？

希望。

这就是魔法的来源。

要是没有希望，魔法压根儿就不会存在。

在平安夜，圣诞老伯、布利赞和别的驯鹿之所以能让魔法变为现实，靠的就是希望。

魔法来源于世界上每一个孩子许下的愿望。如果没有人许愿的话，也就没有魔法这回事了。既然我们知道圣诞老伯每年都会降临，那么魔法——至少是某些魔法——显然是真实存在的。

不过呢，事实并非一直如此。很久很久以前，圣诞节还没有挂长袜的习俗，也没有人在圣诞节的早晨兴高采烈地拆礼物。那是一段痛苦的时光，人类孩子当中很少有人相信魔法的存在，也没有理由相信。

正因如此，在圣诞老伯打定主意要给人类孩子一个变得快乐、相信魔法的理由时，那注定是一个忙碌的夜晚。

大袋子里装满玩具，雪橇和驯鹿早已整装待发，可就在他飞离妖精堡的时候，空气中的魔法不够了。他穿越了北极光，却发现那光芒暗淡得可怜。魔法之所以如此稀薄，是因为世界上的希望实在太少太少了。这也难怪，孩子们压根儿就没见过魔法，怎么去希望它会发生呢？

因此，圣诞老伯的第一次全球之旅差点就失败了。然而，因为某些原因，这趟旅程最终还是成功了。这一切都要感谢一个人类孩子，一个住在伦敦的小女孩，她全心全意地相信着魔法的存在。她每天不停地许愿，相信总有一天会有奇迹发生。她是第一个相信圣诞老伯的孩子。也正是她，在圣诞老伯的驯鹿们挣扎着起飞时帮了他一个大忙。在那个平安夜，她躺在自己的小床上，那么用力地许下愿望，为天空注入了一道光。

这让圣诞老伯有了目标，有了前进的方向。他追随着这道细细的光，一路来到女孩的家——伦敦海博达榭利街 99 号。

从那以后，自从他在那张爬满臭虫的床脚的长袜里塞满了玩具以后，希望日渐滋长。魔法出现在了人类的世界，在孩子们的睡梦中蔓延开来。圣诞老伯无法对自己说谎：要不是因为那个孩子，那个名叫艾米莉亚·威沙特的八岁小女孩，要不是因为她那么强烈地希望魔法成真，圣诞节永远也不会到来。的确，这离不开妖精们、驯鹿们以及玩具工厂工人们的共同努力，但她才是拯救圣诞节的那个人。

她是第一个相信圣诞老伯的孩子。

她是拯救了圣诞节的女孩。

圣诞老伯永远永远不会忘记……

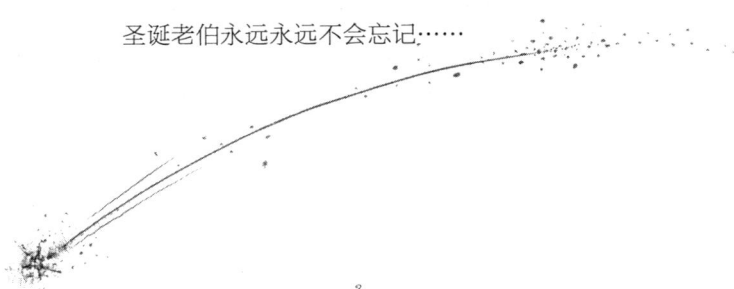

Dear Father Christmas

Hello, my name is Amelia Wishart. I am nine years old and I live at 99 Haberdashery Road in London.

You know this because you have been here. Last year. When you gave me presents. That was very kind.

I always believed that magical things were possible, even when times were hard, so it was so wonderful to see it was true.

* THANK YOU *

Anyway, I live with my mum Jane and my cat Captain Soot. I found Captain Soot up a chimney. You see, chimneys are rarely straight up and down. Sometimes they have sideways bits. Did you meet him? He is great.

But he sometimes steals sardines from the fishmonger and gets into fights with street cats and I think he thinks he's a dog.

I know you are a busy man so I will just tell you what I would like for Christmas. I would like:

1. A new brush for sweeping chimneys.
2. A spinning top.
3. A book by Charles Dickens (my favourite author).
4. For my ma to get better.

Number 4 is quite important. It's more important than number 2. You can keep the spinning top.

It really was a magical thing to wake up to those presents last year.

Ma was a chimney sweep and now I am too. She can't go up chimneys anymore. She can't do anything anymore except lie in bed and cough. The doctor says only a miracle will fix her. But miracles need magic, don't they? And you are the only person I know who can do magic. So that is all I want. I want you to make ma well again, before it is too late.

That is the main thing I ask.

Yours faithfully,

Amelia

亲爱的圣诞老伯：

　　您好，我的名字叫艾米莉亚·威沙特，今年九岁，家住伦敦海博达榭利街99号。

　　这个不用我说您都知道，因为您去年来这儿给我送了礼物。您真是个好人。

　　我一直相信有魔法存在，即便是在困难的时候也相信，所以能亲眼见到魔法成真简直太棒了。谢谢。

　　话说回来，我和妈妈简还有猫咪煤灰船长住在一起。煤灰船长是我在一个烟囱里面找到的——您知道，烟囱很少是从上到下笔直的，一些烟囱内部会有打横的部分。你见过煤灰船长吗？他可好了。不过他有时候会从鱼摊上偷沙丁鱼吃，还会和街上的野猫打架，我觉得他可能以为自己是条狗。

我知道您很忙，所以就直接告诉您我想要什么圣诞礼物吧。

我想要——

1. 一把新的烟囱刷。

2. 一个陀螺。

3. 一本查尔斯·狄更斯（我最喜欢的作家）的书。

4. 让妈妈好起来。

第 4 点非常重要，比第 2 点重要多了，或者不要陀螺也行。

顺便说一句，去年的圣诞节真是太奇妙了，我一觉醒来竟然看到长袜里塞满了礼物！

以前，妈妈是个烟囱清扫工，现在我也成了烟囱清扫工。妈妈再也不能爬进烟囱里了，事实上，除了躺在床上咳嗽之外，她什么也做不了。医生说，只有奇迹才能治好她。但奇迹需要魔法，不是吗？您是我认识的唯一一个会施魔法的人，所以这就是我唯一的心愿：求您让妈妈好起来，再晚就来不及了。

就是这些。

你忠实的，

艾米莉亚

震颤的大地

圣诞老伯合上艾米莉亚的来信，把它放进了口袋。

他走过白雪覆盖的驯鹿场，路过一片冰冻的湖泊，环视四周，妖精堡的一切都是静悄悄的：木头搭建的村公所、木屐商店、巧克力银行、大道上的无花果布丁咖啡店（多开一小时都不愿意），还有雪橇艺术学校和高级玩具制作大学。沃多街上宏伟的（以妖精的标准来看）每日雪情办公大厦突兀地耸立着，加厚姜味饼铺设的墙面在清澈的晨光下闪着橘色的光。

他在雪地里一步一步走着，朝玩具工厂和远处精灵山丘的方向往西转了个弯。正在这时，一个身穿棕色袍子和棕色木屐的妖精向他走来。他戴着副眼镜，有点近视的样子，压根儿没看见圣诞老伯。

"你好呀，哼哼！"圣诞老伯招呼道。妖精被吓了

一跳。

"噢，您，您好，圣诞老伯。真对不起，我没看见您在这儿，我刚刚下晚班。"

哼哼是玩具工厂里最勤劳的妖精之一。他就是这么一个古古怪怪、神经兮兮的小妖精，圣诞老伯却非常喜欢他。作为旋转弹跳玩具部助理副部长，他可是工厂里的大忙人。不过，哪怕是通宵达旦地工作，他也从来没说过一句怨言。

"工厂里一切都还好吗？"圣诞老伯问道。

"噢，是的，所有该旋转的玩具都旋转个不停，该弹跳的玩具都弹跳个不停。一些网球出了点小问题，现在都已经解决了。它们弹得可高了，人类小孩一定会爱死它们的。"

"棒极了。"圣诞老伯说，"好啦，你回家好好睡一觉吧，别忘了替我祝奴熙和小米姆圣诞快乐。"

"没问题，圣诞老伯。他们一定很高兴，尤其是米姆。他最爱的新玩具就是那副印着您照片的拼图。拼图匠吉格特地为他做的。"

圣诞老伯脸蛋一红:"呵,呵……圣诞快乐,哼哼!"

"圣诞快乐,圣诞老伯!"

就在两人相互说再见的时候,他们感觉到了某种震动。那是双腿一阵轻微的晃动,仿佛大地轻轻震颤了一下。哼哼觉得肯定是因为自己太累了。圣诞老伯以为是自己对即将到来的大日子感到太兴奋了。于是两人什么也没有说。

玩具工厂

玩具工厂是整个妖精堡规模最大的建筑，甚至比村公所和每日雪情办公大厦还要大。工厂包括一座宽敞的塔楼和一个大厅，全都被覆盖在白雪之下。

圣诞老伯踏进了工厂大门，只见所有的妖精都在紧锣密鼓地为圣诞节的到来做准备。

大家一边兴高采烈地唱着歌，一边为所有的玩具做最后一次测试：比如看洋娃娃的头能不能被顺利拧掉的测试啦，看陀螺能不能正常旋转的测试啦，看摇摆木马能不能轻松摇摆的测试啦，看弹弹球能不能弹得老高的测试啦，还有速读故事书、采摘小蜜橘、试抱毛绒玩具等工作。妖精堡最受欢迎的乐队——雪橇铃铛乐队在现场伴奏，正唱到经典曲目《圣诞即将到来》："我真高兴呀，袍子都湿透啦。"

圣诞老伯把他的大袋子放在大厅前的地板上。

"早上好，圣诞老伯。"一个妖精嚷道——她叫"酒窝"，总是笑盈盈的。酒窝的名字很好记，因为她一笑脸上就会出现两个酒窝，再加上她整天笑个不停。酒窝身边坐的是贝拉——笑话作家，她正在思考今年的最后一个笑话，边吃着碎肉派边自顾自地咯咯直笑。

酒窝请圣诞老伯吃薄荷糖，但当他打开糖罐的时候，一条玩具蛇跳了出来。"啊啊啊！"圣诞老伯被吓了一跳。

酒窝笑得在地上打滚儿。

"呵，呵，呵，"圣诞老伯也忍不住笑了起来，但又努力想显得严肃一点，"我们到底有多少条玩具蛇？"

"七万八千六百四十七条。"

"非常好。"

这时候，雪橇铃铛乐队发现了圣诞老伯，于是立刻开始演奏《身穿红衣的英雄》——对圣诞老伯致敬的曲子。尽管这不是雪橇铃铛乐队的主打歌，但在场的每一个妖精都齐声唱了起来。

有一位老伯他身穿红衣，

把礼物带给睡梦中的孩子。

他高高大大，胡子雪白，

他耳朵圆圆，好不奇怪。

他给咱妖精指了一条路呀，

让每天都快乐如圣诞节呀。

他带着驯鹿环游世界，

把礼物送给每个小孩。

孩子的希望和梦想在空中飞翔，

我们要感谢……（一头山羊？）

不！

是那身穿红衣的大英雄呀！

　　妖精们齐声欢呼。这让圣诞老伯感到有些尴尬，眼睛都不知道该往哪儿看才好，于是，他只好把目光投向窗外。正巧，他看见有人穿过雪地，一路朝着工厂跑来。除了他之外没有人注意到，因为妖精们个子太矮，根本够不到窗子的高度。

圣诞老伯知道那并不是一个妖精。它比妖精还要小上一号，并且要轻盈得多，优雅得多，漂亮得多，金黄得多，敏捷得多。

终于，圣诞老伯知道那是谁了。于是他走出了玩具工厂。

"我一会儿就回来，好妖精们。"他对妖精们说，音乐声随之安静了下来，"无限空间袋就在那儿，大家可以开始往里面装玩具了……"

圣诞老伯打开门，只见她双手撑在自己窄窄的屁股上，弯着腰，累得上气不接下气。

"真话精灵！"圣诞老伯惊喜地望着她，毕竟不是每天都有精灵来到妖精堡的，"圣诞快乐！"

真话精灵的眼睛原本就大得惊人，这时候比往常更大了。

"不。"她吐出一个字，抬头注视

着圣诞老伯——从他膝盖的高度。

"什么？"

"这个圣诞节一点也不快乐。"

真话精灵朝玩具工厂里面望去，看着那一群忙忙碌碌的妖精，感到浑身痒痒的。她不大喜欢妖精，对那些生物有点过敏。

"我得到了一件新外套，"圣诞老伯说道，"比之前那件还要红。看看这毛皮镶的边，漂亮吧？"

真话精灵摇摇头。她并不想显得粗鲁，只是没办法不说真话："丑极了，你看着就像一颗发霉的巨型云莓……不过这不是重点啦。"

"那重点是什么呢？这可是你第一次来妖精堡。"

"因为这儿到处都是妖精啊。"

几个妖精发现了真话精灵。

"圣诞快乐，真话精灵。"他们咯咯地笑起来。

"呆瓜。"真话精灵嘟哝着。

圣诞老伯叹了口气，自顾自走到雪地上，随手关上了门："听着，真话精灵，我很想留下来跟你好好聊会儿，但现在是平安夜，我必须得走了，还有很多事准备要做……"

真话精灵不停地摇头。

"别再想什么玩具工厂了，别再想什么圣诞节了，你得离开妖精堡，逃到山上去。"

"你在说什么呢，真话精灵？"

这时候，他听到了一个响声，一种轰隆轰隆的声音。

真话精灵倒抽一口冷气。

"就知道早餐该多多吃点。"圣诞老伯说着，拍了拍自己的大肚子。

"不是你的肚子在叫，"真话精灵说着，又指了指地下，"那声音是从下面传来的。"

圣诞老伯盯着雪地看了好一会儿，什么也没有。

"天哪，比我想的还要早！"她尖叫一声，撒腿就跑，跑着跑着还扭过头对圣诞老伯喊了一声，"找一个安全的地方，躲起来！叫妖精们赶快躲起来，别管什么圣诞节了，等他们一来就……"

"他们？谁是他们？"但真话精灵已经跑没影了。

圣诞老伯看着真话精灵在雪地上留下的一连串小脚印，忍不住咯咯笑了起来。

这可是圣诞节啊。真话精灵显然是喝了一整晚的肉桂糖浆，脑袋都喝糊涂了。

想是这么想，可他又一次听到了那轰隆轰隆的声音。

"噢，我的肚子，求你别……"

那声音越来越响，越来越低沉，突然间不那么像是肚子饿的咕噜声了，真是奇怪。他告诉自己没什么好担心的，可还是不自觉地回到了屋里，迅速关上门，把所有不属于玩具工厂的声音统统关在门外。

克利帕先生

距离艾米莉亚·威沙特给圣诞老伯写信已经过了十七天。此刻,她正在她最常待的地方——烟囱里面。

烟囱里总是一片黑暗——这是她作为一个烟囱清扫工必须习惯的第一点。第二点就是那狭小的空间。对所有人来说，烟囱的内部都是十分狭窄的，即便你只是个小小的孩子。不过呢，最让烟囱清扫工头疼的还要数煤灰。只要你一开始清扫，那些黑乎乎的脏东西就飞得到处都是，你的头发、衣服、皮肤、眼睛，甚至嘴里，没有一处可以幸免。它还会让你一直咳个不停，眼泪止也止不住。清扫烟囱实在是一份糟糕透顶的工作，但她别无选择。她需要钱来买吃的，给妈妈买药。

无论如何，清扫烟囱的好处就是让你更加享受光明。事实上，它让你更喜欢待在除了烟囱之外的任何地方。它逼着你不得不盼望点什么。在那黑暗的、遍布煤灰的烟囱里，你会情不自禁地幻想世界上一切稀奇古怪、充满光明的地方。

这显然不是平安夜早晨该去的地方。艾米莉亚整个人被困在里面，膝盖、手肘紧贴着烟囱内壁，一边刷一边被煤灰呛得喘不过气来。

这时候，她听见了一个声音。

一个小小的、哭泣般的声音。

不，那不是人类，是别的什么东西。

"喵。"

"噢，不！"她惊叫起来，意识到是谁在那儿了。她用脚后跟抵着烟囱内壁，伸出一只手在黑暗中来回摸索，终于触碰到了一个柔软、温暖、毛茸茸的东西，就躺在烟囱里弯折过来的地方。

"煤灰船长！我是怎么告诉你的？千万不要爬进烟囱！这不是猫咪该来的地方！"

艾米莉亚把猫咪抱起来，朝着传来亮光的客厅爬下去，猫咪在她怀里发出惬意的呼噜声。

煤灰船长全身一片漆黑，只有尾巴尖上长着一撮白毛。但今天，就连那撮白毛也黑得像……嗯，煤灰一样。

猫咪扭动着挣脱了艾米莉亚的怀抱，在空中轻快地一跃，落地，在房间里大摇大摆地散起步来。它一步一步踏在地毯上，那昂贵的、奶油色的地毯。艾米莉亚盯着那些炭黑色的小脚印，吓得不知如何是好。

"噢，不，煤灰船长！快回来！你在干什么？"

艾米莉亚不知所措地跑去抓猫，结果当然是——她把地毯弄得更脏了。

"噢，不，"她说，"噢，不，噢，不，噢，不……"

她冲进厨房抓起一块湿抹布，那儿有个骨节粗大的厨娘正在削胡萝卜。

"对不起，"艾米莉亚慌忙道歉，"我把客厅弄得一团糟。"

厨娘立刻板起脸，咂着嘴，像极了一只生气的猫："克利帕先生快要

从济贫院回来了，他要是看到家里成了这样，一定很生气！"艾米莉亚吓得冲进客厅，拼命擦地上的煤灰。可她越是努力地擦，那些黑点就变得越大。

"我们必须得在克利帕先生回来之前把这儿弄干净。"她对猫咪说，"为什么你偏偏要在这里捣蛋？我的船长啊！"

猫咪用眼神说：对不起。

"唉，这也不能怪你。我猜克利帕先生一定是个暴脾气。"

就在艾米莉亚努力擦地的时候，她发现这个客厅有个非常奇怪的地方。今天是平安夜，这儿却连一点装饰都没有。没有圣诞贺卡，没有冬青树和常春藤，也没有肉派的香味，在这样一个有钱人家的房子里，实在是稀奇。

正在这时，艾米莉亚听到走廊里传来一阵响亮的脚步声。她转过身，客厅的门正好在她身后打开，克利帕先生赫然站在那里。

艾米莉亚抬起头，盯着眼前的这个男人。他是个高个子，长着一副长长的身体，一张又长又窄的脸，还有一个又长又弯的鼻子。那根长长的黑手杖配上一身漆黑的外套，外加一顶漆黑的高帽，让他整个人看起来就像一只乌鸦，在某个死气沉沉的星期二吃了一条蚯蚓之后，突然决定变成人类。

克利帕先生瞪着艾米莉亚、她的猫，还有地板上到处都是的脏脚印。

"对不起，"艾米莉亚战战兢兢地开了口，"都怪我

的猫，他偷偷跟着我爬进了烟囱。"

"你知道这地毯值多少钱？"

"不知道，先生。但我会把它擦干净的。你看，已经好多了。"

煤灰船长弓起背，发出嘶嘶声，做好扑上去攻击克利帕先生的准备。煤灰船长喜欢大多数的人类，但他真的很不喜欢这个长长的男人。

"这个肮脏的坏东西。"

"他只是想祝你圣诞节快乐。"艾米莉亚尴尬地说，努力挤出一个微笑。

"圣诞节，"克利帕先生嫌恶地说出这个词，嘴角都扭曲了，仿佛刚刚吃了一只难吃的苍蝇，"只有蠢材和小孩子才会觉得圣诞节是快乐的。而你显然是个蠢小孩。"

艾米莉亚知道克利帕先生是谁。他是克利帕济贫院——全伦敦最大的济贫院之一——的老板。她也知道济贫院是什么地方。那里相当可怕，没有人愿意去，除非他们实在是太穷，病得太重，再者就是无家可归，父母双亡。一旦进了济贫院，就得没日没夜地干活，吃令人作呕的饭食，连睡觉的时间都没有，而且动不动就要受惩罚。

"你们这对肮脏的小畜生！"克利帕先生说道。

煤灰船长浑身的毛都竖了起来，活像一只生气的毛球。

"他不喜欢被骂，先生。"

克利帕先生显然不喜欢一个小孩子用这种口气跟自己说话，尤其是这样一个穷孩子，破衣烂衫，一身煤灰，外加一只弄脏了他家地毯的猫。

"站起来，女孩。"

艾米莉亚站了起来。

"你多大了？"

"十岁，先生。"

克利帕先生揪住艾米莉亚的一只耳朵："你这个骗子！"

他俯下身来，眯着眼睛上上下下打量她，就像在检阅鞋子上的一团泥巴。艾米莉亚注意到他的鼻子，十分好奇它到底是怎么弄坏的。她默默地希望自己当时就在场，好目睹那一幕的发生。

"我跟你妈聊过，你明明只有九岁。真是个骗子加小偷。"

她感到自己的耳朵快要被扯掉了："别这样，先生，疼，疼。"

"你妈病了之后我大可以找别人来给我扫烟囱，"克利帕先生说着，放开了艾米莉亚，顺便蹭掉了手上的脏东西，"但我没有。我说，给这个女孩一个机会。现在看来真是彻头彻尾的错误。我的济贫院才是你该待的地方。现在，这钱……"

"三便士，先生。由于我不小心弄脏了你的客厅，你可以只付我一半的价钱。"

"休想！"

"什么，先生？"

"付钱的人是你才对。"

"为什么，先生？"

"因为你毁了我的地毯。"

艾米莉亚低头看看地毯，这大概比一个烟囱清扫工十年的薪水还要贵，这让她又悲伤，又愤怒。她真的很需要克利帕先生的这三便士，好给自己和妈妈买一个无花果布丁来过圣诞节。她们是买不起鹅和火鸡，但好歹还买得起一个圣诞布丁。嗯，或者说，原本是买得起的。

"你带了多少钱？"

"一分也没带，先生。"

"骗子，我都看见你口袋里的硬币了，快给我。"

艾米莉亚伸出手，从口袋里摸出仅有的一枚硬币。她直愣愣地盯着这枚棕色的半便士上维多利亚女王的脸。

克利帕先生摇了摇头，看着艾米莉亚，那眼神就像一只乌鸦看着一条蠕虫。他又一次拧住了她的耳朵，

狠狠地一扭："你妈对你太好说话了，是不是？我一直觉得她是个软弱的女人，显然你爸也是这么想的，不然他也不会抛弃你们不管，对吧？"

艾米莉亚的脸"唰"地红了。她从没见过爸爸，只有妈妈用炭笔画的一张素描。在那画上，他身穿军人的制服，脸上挂着微笑。威廉·威沙特看起来是个十足的英雄，对她来说这就足够了。他是英国陆军的军人，去了一个名叫缅甸的热带国家打仗。就在艾米莉亚出生那年，他战死沙场。在她的想象中，爸爸是个强壮又高贵的英雄，跟克利帕先生正好相反。

"你妈也不是什么好东西，"克利帕先生继续说，"看看你，一身破衣烂衫，不知道的还以为是个男孩子。她从没教过你该怎么做个女孩吧？不过她反正也没几天好活了……"

就连煤灰船长听了这话都气炸了。只见它从房间那一头飞扑过来，跳到克利帕先生身上，四只爪子死死钩住他的黑裤子，眼看着就要扯下一块布来。克利帕先生朝猫咪挥了一手杖。艾米莉亚感到一股怒火涌了上来，她操起手里的鬃毛刷，狠狠地往克利帕先生那讨厌的脸上一戳，抬脚用力踹他的小腿，一下，又一下。

克利帕先生被煤灰熏得咳嗽起来："你！"

艾米莉亚什么也不怕了，满脑子都是妈妈躺在病床上的样子："叫、你、再、敢、说、我、妈、妈、坏、话！"

她掏出那枚硬币，狠狠地摔在地上，转身冲出了房间。

"你给我等着！"

不，我才不要。艾米莉亚心想，真心希望再也不要见到这个恶棍。煤灰船长在她身边轻快地小跑，留下一长串黑黑的脚印。

艾米莉亚离开克利帕先生的房子，一路向东，穿过一条条黑暗、肮脏的街道，朝着海博达榭利街的方向走去。周围的房屋变得越来越狭小，越来越破败，一座一座紧挨着彼此。一间小教堂中传来《齐来崇拜》的圣歌声。她一路走着，只见一群人正在为圣诞集市搭建摊位，女孩子们在街上玩跳房子的游戏，仆人们牵着肥鹅从肉铺里出来，一位妇人手里拿着圣诞布丁，一个男人在路边的长椅上走来走去……

一个卖栗子的小贩冲她喊道："圣诞快乐，亲爱的！"

艾米莉亚笑了笑，努力去体会圣诞节的氛围和快乐的感觉，但那实在很难，比去年难多了。

"现在可是平安夜啊，亲爱的，"小贩说，"圣诞老伯很快就要来啦。"

一想到圣诞老伯，艾米莉亚又情不自禁地微笑起来。她举起烟囱刷，大喊一声："圣诞快乐！"

小米姆

小米姆是一个妖精。

听他的名字就可以猜到，小米姆……个子很小，即便是以妖精的标准来看。他的年纪也很小，比你们要小。确切地说，他只有三岁。他长着一头漆黑的头发，就像月光下的湖水般闪耀，闻起来有股淡淡的姜味饼的香味。小米姆在小妖精幼儿园上学——如

今幼儿园已经成了雪橇艺术学校的一部分，住在一座小木屋里，就在妖精堡中心的七曲街二。

不过，今天不用上学。

今天是平安夜，是一年中最令人兴奋的一天。而至少对小米姆来说，今年的平安夜又是前所未有的。因为，今天他要和其他的妖精小孩们一起去玩具工厂参观。你看，只要圣诞老伯的大袋子装满了所有送给人类小孩的礼物，妖精小孩们就可以去随意挑选自己想要的玩具啦。这可是小米姆第一次去玩具工厂。

"平安夜到啦！"小米姆欢呼一声，跳到了爸爸妈妈的床上。爸爸妈妈的床，就和大多数妖精的床一样，像蹦床般弹性十足，所以他一跳上去就被弹得老高，脑袋撞到了天花板，把圣诞节装饰房间用的红绿纸圈弄得乱七八糟。

"小米姆，现在也太早了。"妈妈奴熙的嘟哝声从一团乱糟糟的黑头发底下传来。她拉过一只枕头，盖住了自己的脑袋。

"妈妈说得没错，"爸爸哼哼说道。他迷迷糊糊地戴上眼镜，紧张地看了一眼手表，"'真的真的很早'，才刚过一刻。"

"真的真的很早"是一天中哼哼最喜欢的时间点，尤其是今天，因为他工作了一整夜。他觉得自己似乎才刚刚上床，事实也确实如此。他很喜欢当旋转弹跳玩具部助理副部长，这是一份体面的工作，每周为他带来一百五十巧克力币的进账。但他同样热爱睡觉。现在，他的儿子正不停地旋转弹跳，兴奋得不得了。

"我爱圣诞节！圣诞节让我闪闪发光！"小米姆开心地说。

"大家都爱圣诞节，小米姆。好啦，快回去睡觉吧。"枕头底下传来奴熙的声音。枕头上绣着这样一行字："圣诞常在你梦中。"奴熙也十分疲惫，平安夜同样是她最忙碌的时候。昨晚她一直忙着跟驯鹿聊天。

"可是，妈咪！起来嘛，圣诞节都快到啦！我们不应该在这时候睡觉，这样才能让圣诞节更长一点……快起来。陪我去堆个雪妖精吧！"

奴熙情不自禁地对儿子露出微笑："我们每天早上

都在堆雪妖精呀。"

哼哼已经回到了梦乡，正在打呼噜。奴熙叹了口气，知道自己不可能再继续睡觉了。她拂开脸上的枕头，起床去给小米姆做早餐。

"驯鹿们说了些什么？"小米姆好奇地问。他坐在小厨房的一张木头凳子上，一边嚼着果酱姜味饼，一边盯着圣诞老伯的一幅画像——这画像是当地妖精画家米洛大娘的杰作。他们家总共有七幅圣诞老伯的画像，这只是其中之一。尽管大家都知道，圣诞老伯每踏进一个妖精的家门，看见自己的画像挂在墙上时总会感到十分尴尬，他们依然喜欢把他那长满大胡子的人类脸庞挂得到处都是，那令他们感到十分安心。

"驯鹿话不多，它们很安静。彗星有点忧心忡忡的，不像它平常的样子，布利赞也有点反常。"

奴熙是《每日雪情》报社的首席驯鹿记者，她的工作就是报道关于驯鹿的故事。问题在于，驯鹿们实在不擅长接受采访。你问一句，他们不是咕哝一声，就是叹口气作为回应，而且压根儿没什么丑闻，除非你把布利赞在沃多老伯家的草地上拉屎这种事也算上。（沃多老伯是奴熙的老板，他坚决不允许奴熙报道这件事。）再说了，一小部分人对丘比特和舞蹈家跌宕起伏的罗曼史都能产生兴趣，有关驯鹿的新闻却连首页的边儿都没沾过。一年一度的雪橇艺术学校杯驯鹿雪橇大赛曾经上过第四版，但也就那样了。人人都知道，押冲锋者准会赢，他是所有驯鹿中跑得最快的。采访驯鹿是《每日雪情》报社里公认的最无聊的工作，而奴熙想干点刺激的，比如姜味饼记者，或者玩具记者之类的。不过，她最想做的其实是采访巨怪。成为一名巨怪记者是奴熙一直以来梦寐以求的。这是最危险的一种工作，因为巨怪体型庞大，十分吓人，还会吃妖精。但是，这是迄今为止最令人兴奋，也是最重要的工作了。奴熙每天都希望老板能把这份工作给她，但每天都在失望。沃多老伯是个坏脾气的老板。事实上，他是整个妖精堡脾气最坏的妖精。而且，他讨厌圣诞节。

"为什么？"小米姆不解地问，眼看着妈妈在自己的云莓果汁里加了满满十勺糖，"布利赞为什么会反常呢？"

"他一直低着头，看着地面，不去找食物吃，一副心事重重的样子，所有的驯鹿都是这样的。要知道，去年这时候他们可兴奋了。总之最后他总算看了我一眼，发出了一个奇怪的声音。"

小米姆哈哈大笑起来，他觉得这简直太好笑了。不过在小米姆的眼中，一切都是那么好笑。

"他放了一个屁吗？"

"不，是嘴里发出的声音。就好像……"奴熙试着模仿布利赞的声音。她把两片嘴唇合在一起，发出一种驯鹿特有的"噗噜噗噜"声。小米姆不笑了，那实在不是什么令人愉快的声音。

小米姆吃完了他的姜味饼，开始玩拼图。奴熙则去浴室洗澡。拼图上画的也是圣诞老伯，总共有五千片，通常小米姆要花半小时才能拼完，这对妖精来说算很慢了。可是今天，正当他拼到圣诞老伯的红大衣时，发生了一件奇怪的事情。一些图案消失了，掉进了一片黑暗中。原本该是圣诞老伯嘴巴的地方，此刻出现了一个窟窿。那窟窿变得越来越大，拼图一片片掉进了地板下方。

"妈咪！地板要把圣诞老伯吃掉啦！"小米姆大喊起来。

奴熙什么也没听到。她正一边洗澡，一边唱着她最喜欢的曲子——雪橇铃铛乐队的《驯鹿翻山越岭》。

小米姆把他的拼图拨到一边，只见地砖上出现了一条黑色的裂缝，正变得越来越宽。这时候，妈妈总算穿着绿晨袍出现了，她拿着一块印有布利赞画像的毛巾在擦头发——布利赞是圣诞老伯最喜欢的驯鹿。

"那是什么？"小米姆问。

奴熙愣住了："什么？"

"你看地上，它吃掉了我的拼图。"

奴熙低头一看，一条裂缝赫然出现在那白绿相间的亮闪闪的地砖上，就在墙边，而且显然是刚刚出现的。

那裂缝变得越来越大，一路蔓延到了小厨房。

"那是什么？"小米姆又问了一遍。

"什么？"

"你听到了吗？"

（妖精的耳朵形状奇特，所以听力特别好，而且小妖精的听力要比成年妖精更好一点，这也就是为什么爸爸妈妈从来不敢说孩子们的坏话。）

"也许是你爸爸在打呼噜……"

不对。这时候奴熙也听到了。那是一个非常低沉的声音，来自地底下的某个地方。奴熙瞬间明白了声音的来源，整个人都僵住了。

"妈咪？"

她看着小米姆，呆呆地吐出两个字："巨怪。"

哼哼起床了

"巨怪。"

尽管这个词的确是从奴熙嘴里说出来的，可就连她自己都不敢相信。她研究过所有的相关文献，对巨怪可以说是相当了解。她知道，巨怪生活在很远的地方，比精灵住的苍翠山丘还要远，他们大多居住在地底下深深的洞穴里，这些洞穴可以一路延伸到妖精堡。

"好日子结束了……我们得赶紧离开这儿。"她一把拉住小米姆，一条新的裂缝差点把他吞掉。厨房地板看起来就像一张巨大的蜘蛛网。

他们冲进卧室——由于这只是一座单层小木屋——也就是隔壁。

"哼哼！"奴熙大声喊，"哼哼！"

她冲到墙角的小水槽边，抓起一块妖精香皂（和普通的肥皂没什么两样，只不过闻起来是树莓味的）。

"爸爸，快起来！巨怪来啦！"小米姆一边摇晃爸爸的身体，一边大声喊着。

哼哼又打了差不多一秒钟的呼噜，直到地底下再次传来一声"轰隆"。令小米姆和奴熙惊恐万分的是，卧室的地板上也开始出现裂缝。地板整个儿从中间裂开，眼看着就要把整张床一口吞掉。小小的床就这样悬在大大的黑洞上方，摇摇欲坠。

"我做了个很可怕的噩梦。"哼哼嘟囔着，把眼镜推到鼻梁上。他睁开双眼，（真真切切地）看见一只长满肉瘤的巨怪手掌从卧室地板下面伸了出来，摸索着来到床边，他的妻子和儿子放声尖叫。

奴熙看着那庞大的手掌，一下就判断出了巨怪的品种。这是一只尤伯怪，七种巨怪中体型第二大，也是最愚蠢的一种。

"哼哼，快下床！跑啊！"奴熙尖叫着说。

但已经太晚了。巨手一把抓住了哼哼的一条腿，把他从床上拎了起来。哼哼实在算不上勇敢，他害怕

的东西可多了，比方说，影子啦，吵闹的音乐啦，月亮啦，雪球啦，等等。被巨怪抓走远远超出了他的接受范围。

奴熙一个箭步冲上去抓住哼哼的胳膊，努力想把他拽回来。

然而并没有成功，她眼看着哼哼就要消失在黑洞中了。

"撑住，我的小松饼！"奴熙一边喊，一边从口袋里掏出肥皂，在巨怪长满肉瘤的皮肤上猛搓起来。巨怪的皮肤立刻冒出了烟，开始灼烧，变成了红色。

巨怪的哀嚎声从地下传来，巨手终于松开了。哼哼滑落到地板上，自由了。

"快跑！快啊！"一家三口在奴熙的叫喊声中冲出了房间，哼哼身上只穿着内衣。大地依然不停地轰鸣，在他们的脚下寸寸崩塌。

好不容易跑到了屋外，奴熙看到，就连大街上都是满地的裂缝。大地不住地震颤，仿佛一场地震。妖精们纷纷从家里仓皇逃出。

"哦，不！"眼看着邻居家的房子瞬间倒塌，哼哼忍不住哭了起来。随着自家房子的倒塌，他的哭声变得更凄惨了。周围的一切都成了废墟，轰隆声不绝于耳。哼哼的呼吸越来越急促，整个人都憋成了紫色。

"深呼吸，哼哼。"奴熙试着安慰他，"闭上眼睛，想想姜味饼，想想德拉布尔医生是怎么说的。"

所有的房子都从地面上消失了。奴熙认出了一个《每日雪情》的同事：一个大耳朵、秃脑门的妖精从整条街上最大的一座房子里跑出来。

那是波顿老伯，巨怪记者。照理说他应该是妖精堡的巨怪专家才对，可现在，他正手舞足蹈地一边跑一边大声尖叫："巨怪！巨怪！巨怪！"每个挡他路的妖精都被他一把推开。

尽管也被吓得不轻，奴熙心里却在想，他的工作应该给我才对。

"我们现在该去哪儿呢？"哼哼一脸木然地问道。

奴熙脑中只有一个答案。

"去找圣诞老伯！"

尿壶

"今天跟克利帕先生相处得还好吗？"艾米莉亚正在倒夜壶，妈妈躺在病床上一边咳嗽一边问。夜壶是一只圆圆的白色铁罐，是她们拿来上厕所用的。艾米莉亚捧着夜壶，打开窗户，把黄色的液体倒到大街上。

"嘿！看着点！"一个男人的喊声从下面传来。

"哎呀，对不起。"艾米莉亚不好意思地说，接着她转身面向妈妈，撒了个谎，"还不错啦。"

她不想让妈妈知道真相，那只会让她不高兴。

"真高兴你能喜欢他。"妈妈虚弱地说，努力稳住呼吸。

"喜欢倒是不至于，妈。"

"你买到无花果布丁了吗？"

艾米莉亚什么也没说。

"好吧，反正我明天也吃不下的。"

妈妈欲言又止，最终还是开口了："克利帕先生他……有一家济贫院。"

"嗯。"

"听着，艾米莉亚，"她低声说，"我很快就要离开这个世界了……"

艾米莉亚感到眼泪在眼眶中打转，她努力眨眨眼睛，想让眼泪消失，不想被妈妈看见："妈，别这么说。"

"这是事实。"

"可是，妈。"

"听我说完。我死了以后，我希望你有人照顾，不至于流落街头。就算你一直帮人扫烟囱，还是不可能留在这儿的，所以我和克利帕先生谈过了……"

艾米莉亚感到一阵恐惧袭来，浑身都变得僵硬——这和床单上爬来爬去的臭虫无关。

"别说了，妈。你一定会好起来的。"

妈妈又咳嗽起来，咳了好久好久："你去那里会很安全的。"

艾米莉亚把尿壶放回妈妈床下，呆呆地看着床单上的一只臭虫。它一直绕着圈子爬来爬去，直到煤灰船长一爪子把它拍死为止。她看着她的猫，他也扭头看着她。煤灰船长听了母女俩的对话，玻璃球般的眼珠瞪得圆圆的。他们肯定不会允许猫咪出现在济贫院的，艾米莉亚想。不过就算他们允许，她也永远不希望煤灰船长——或者她自己——沦落到那种地步。更何况，煤灰船长是那么讨厌克利帕先生。

"振作点，妈，明天就是圣诞节了，会有魔法出现的，你会看到的。只要你相信……圣诞节一定会有奇迹发生，求你等一等，我保证……"艾米莉亚露出了笑容，她想到了寄给圣诞老伯的那封信。她尽自己最大的努力去相信，奇迹一定会出现——即便是在这样一个充满了像克利帕先生这种人的世界里——也总有出现奇迹的可能。

妈妈的手

（很短，却令人心碎的一章）

就这样过了一个小时。艾米莉亚跪在地上，一直握着妈妈的手。随着时间的流逝，她变得越来越虚弱。艾米莉亚忍不住想起曾经的快乐时光，曾经她也是这样握着妈妈的手。她们沿着河边散步，一起去露天集市。还有，在她很小的时候，每次被噩梦惊醒时，妈妈都会像这样握着她的手。记得那时候，妈妈的手指在自己的手掌上画圈，用轻柔的嗓音唱着"绕着玫瑰圆圈铃铃起舞"，哄她入睡。

现在，妈妈已经说不出什么话了，因为她实在是太疲倦了。但艾米莉亚看到妈妈轻轻皱了皱眉，猜到她该是想说点什么。

妈妈摇了摇头："艾米莉亚，亲爱的，我怕是要走了。"

她的呼吸非常缓慢，整个人像牛奶般惨白。

"但你已经不咳嗽了呀。"

妈妈的脸上露出一个若有若无的微笑。艾米利亚知道，光是开口说话就已经用尽了她全部的力气。

"总有一天，你的日子会好起来的。"她对女儿说，这句话她最近对女儿说过无数次，"人生就像一根烟囱，有时你必须得穿过黑暗，才能见到光明。"

妈妈说完，微弱地一笑，闭上了双眼。艾米莉亚感觉到，她握着的手一下子变沉了。

"妈，妈，你不能死，不要离开我！我不允许你死，你听到了吗？"

简·威沙特合上了双眼："做个好孩子。"

这是妈妈对艾米莉亚说的最后一句话。房间里一片寂静，除了楼道里时钟的嘀嗒声，还有艾米莉亚伤心的哭泣声。

希望刻度表

圣诞老伯急匆匆地走进工厂。妖精们一窝蜂向他拥来。

"那是无限空间袋吗？"一个又矮又胖的妖精问道，手指着他手中的大袋子。

"没错，就是它，罗洛。"

"看起来并没有很大呀。"

"是的，它并不大，只是容量无限而已。你能把整个世界塞进去……"

就在这时，大地开始震颤。妖精们面面相觑，眼睛瞪得比往常更大了。玩具竹马丁零当啷掉了一地。罗洛摔倒在皮球上，叽里咕噜滚了一路，最后一屁股坐倒在地——幸运的是，他的屁股又大又软，总算没有受伤。接着，整个世界都安静了下来。

"那是什么声音？"罗洛不解地问。

"我好害怕。"酒窝怯怯地说。

贝拉哭了起来。

圣诞老伯向大家解释："只是一次小小的地震而已，伙计们，没什么好担心的。圣诞节快到了，就连大地都兴奋不已！让我们继续工作吧，还有整整一天一夜要干哪！"

话一说完，圣诞老伯就把无限空间袋甩到肩上，从工厂顶楼一路穿过烟囱，前往玩具工厂总部。

就在圣诞老伯刚跨出烟囱，准备走进玩具工厂总部的那一刻，只见年迈的托普老伯正站在石板地上，轻轻抚摩着自己的白胡子。

"你还好吗，托普老伯？"

"不太好哇，圣诞老伯。你感觉到刚才的地震了吗？我还以为整座塔都要倒了呢。"

"是啊，我感觉到了，轻轻地震了一下，没什么大事。一定是空气中的魔法在捣乱。"

"嗯，说到魔法，"托普老伯说，"你来看看希望刻度表，照理说，这时候它应该亮得要爆炸才对。"

他指着房间正中的柱子上一个圆圆的小玻璃罐子，那就是希望刻度表。通常来说，希望刻度表里总有五彩缤纷的光点在闪烁：绿色、紫色和蓝色。这些光点是圣诞老伯从芬兰上空的极光里兜回来的。到了平安夜，希望刻度表理应明亮夺目，因为里面充满了来自妖精、人类以及一切生物的希望魔法。

可是，圣诞老伯抬头朝希望刻度表一看，却发现那玻璃罐里只剩下了一缕微弱的绿光，眼看着就要熄灭了。

"噢，我敢保证没什么可担心的，"圣诞老伯说，"还有光在闪呢，一天下来总会变亮的。好了，托普老伯，快振作起来！咱们还有人类孩子的来信呢！"

就在这时候，平常一直笑盈盈的闪闪大娘从收发室一路跑进玩具工厂总部，上气不接下气："出事了！今天我们一封信都收不到。我刚从邮差那儿听说的，他们过不了山了。"

圣诞老伯依然保持着微笑："噢，好吧，信件收不到，希望刻度表出了点小故障，可这也不能阻止圣……"

话还没说完，远处传来响亮的声音——"轰隆轰隆"，"嘎吱嘎吱"。圣诞老伯走向窗边，远远地看见了七曲桥上发生的一幕。

一座座房子轰然倒塌，有些甚至彻底消失在了地面之下。妖精们惊恐地沿着开裂的大地疯狂奔逃。圣诞老伯倒抽一口冷气，闪闪大娘和托普老伯立刻围在了他身边。

托普老伯从上衣口袋里掏出他的望远镜，举起来一看，只见一家人在一片混乱中努力逃命，其中一个只穿着内衣。

"噢，不，是奴熙、哼哼，还有小米姆！"

奴熙是托普老伯的曾曾曾曾孙女，也是全世界他最爱的妖精。

然而，受到袭击的不单单是七曲街，就连大道上的建筑物也一幢一幢地接连倒塌。巧克力银行的员工们好不容易冲了出来，眼睁睁看着银行大楼在他们身后被大地一口吞噬。

除此之外，圣诞老伯还看到了一些别的东西：原本矗立着巧克力银行的地方如今空无一物，一样陌生的东西正从碎砖石堆里挤出来。先是一丛乱糟糟的黑色毛发，紧接着，一个长满肉瘤的额头慢慢出现在地面上。除了巨怪之外，没有一种生物能长出这样的额头。

正在这时，山丘那边飞来一块大石头。它正朝着——等等，噢，不——它笔直地朝玩具工厂飞来，"砰"的一声砸碎了窗户。说时迟那时快，圣诞老伯将闪闪大娘一把推开，自己一个站不稳，跌倒在她身上，石块正好落在身边的地上。要知道，圣诞老伯可比妖精高大多了，也沉得多，他差点没把闪闪大娘压扁。不过这可比被大石头压扁好多了，也柔软多了。

他挣扎着爬起来，回到控制台前，快速扫过眼前的一堆按钮，果断按下了其中一个红色的，那上面用很小很小的字写着："非常非常紧急！！！"

塔顶的铃铛在他头顶飞速摇晃。

"叮咚叮咚叮咚叮咚叮咚叮咚……"

直到这时圣诞老伯才意识到，希望刻度表已经被砸碎在地。那最后一缕魔法绿光朝他飘来，在他面前消失不见了。

会飞的故事精灵

嗯这就是平安夜的妖精堡了。大地轰隆震颤，地下冒出巨怪的脑袋，巨大的石块在半空中乱飞，房子一座座轰然倒塌，无花果布丁咖啡店里飞出一个个圣诞布丁，巧克力币散落一地，妖精们拖家带口，仓皇逃命，雪橇铃铛乐队的成员们为了躲避天上掉下来的石块，不得不把心爱的乐器举在头顶。

"妖精们！"圣诞老伯大吼一声，"快去驯鹿场！大家听好了！全都去驯鹿场！"

托普老伯正在拥抱奴熙和小米姆——他们刚跑到圣诞老伯身边。

"噢，不。"哼哼惊恐地哀号，脚下的大地又开始一阵剧烈的摇晃。

奴熙用双手挡住儿子的眼睛。紧接着，整个玩具工厂轰然坍塌。

圣诞老伯看见废墟中出现了一个东西。先是一个，接着是两个，不对，三个巨怪！还好不是巨大的尤伯怪，而是尤特怪。他们个头不大，只有三个圣诞老伯或九个普通妖精那么大而已。好吧，实际上有四个巨怪，因为其中一个长着两个脑袋。剩下的一个是独眼龙，另一个长得普普通通——就巨怪而言，只有一颗黄色的大龅牙比较抢眼。他们粗糙的皮肤上长满瘤子，一嘴烂牙，身穿羊皮做的破烂裙子。

独眼巨怪举起一块大石头，从喉咙里发出一声雷鸣般的咆哮。他正看着妖精堡仅剩的一栋建筑——五层楼高的每日雪情办公大厦，准备投出手中的石块。

"听着，巨怪，我们没有恶意。"圣诞老伯及时开口了。

双头巨怪抓住独眼巨怪的胳膊："等等，萨德。"

萨德耸耸肩膀，垂下了胳膊。

"谢谢你，"圣诞老伯松了口气，"我们对巨怪山谷没有一点兴趣，只想过个和平的圣诞节而已，请别……"

就在这时，圣诞老伯听见了翅膀扇动的声音。他抬头一看，发现了一个熟悉的身影，像极了真话精灵。不过，这个生物长着翅膀，而且体型更加小巧。她的背上长着两对翅膀，加起来总共四个。那些翅膀非常轻盈，几乎是透明的，像玻璃一样会反光，在阳光的照耀下闪闪发光。

"是会飞的故事精灵！"奴熙叫道，她了解所有的精灵，就像她了解所有的巨怪一样。

这个精灵在空中绕着圈子飞来飞去，看着巨怪捣的乱咯咯直笑。接着她突然飞到萨德耳边，停了一会儿。圣诞老伯把这一幕看在眼里，觉得十分奇怪。没多久，故事精灵就消失在天空中，飞往白雪皑皑的精灵山丘。

"今年没有圣诞节！"萨德面无表情地说，"没有圣诞节！"

"你们对圣诞节到底有什么意见？"圣诞老伯气哼哼地反问——或许这么做有点不明智，毕竟萨德手里还拿着大石头呢，"我一直以为巨怪们喜欢圣诞节。"

萨德什么也没说，只是看着远处，看着驯鹿场里妖精们聚集的某个地方。

接着，他突然爆发出一声大吼，顺势把手里的大石头抛了出去。石块在空中越飞越高，越飞越高，所有人都盯着它，看它到底会砸向哪儿。

"噢，不。"托普老伯惊呼出声，正好传进圣诞老伯的耳朵里。

圣诞老伯知道石块会砸向哪儿了。萨德的目标不是妖精们，不是驯鹿们，也不是每日雪情办公大厦，而是他的雪橇! 大

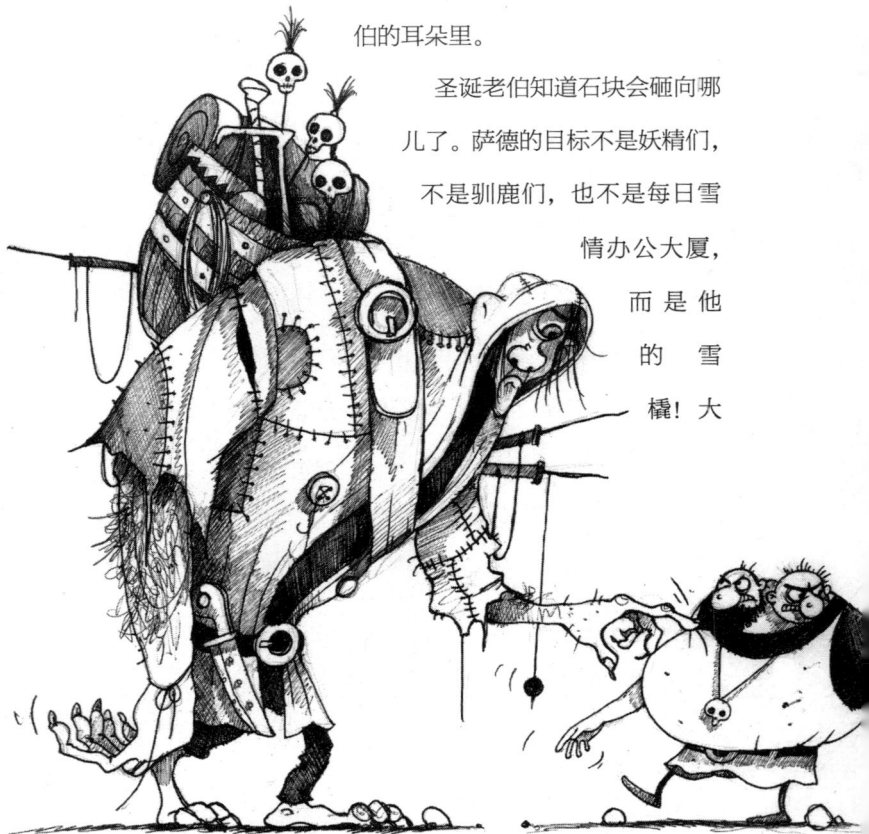

石头轰隆着地，那巨响在一英里①之外都能听得一清二楚。

萨德和另外两个巨怪疯狂地跺起脚来，似乎是在跳某种疯疯癫癫的巨怪舞。

"这是个信号。"奴熙说道。她在参加记者培训时从《巨怪百科全书》里读到过巨怪的跺脚信号。

就在这时，地下又传来一声巨怪的咆哮。

"大家闪开！"奴熙喊道，心里很清楚那声音的来源。

紧接着——"砰"的一声——一只巨大的拳头砸穿了地面。光那一个灰色的拳头就有一个尤特怪那么大！

---

① 1英里≈1.6千米。

69

哼哼蹲在地上，把自己蜷成了一个球，正在不停地深呼吸。小米姆则在一旁安慰他："爸爸，别怕。"

"是厄古拉，巨怪之王。"奴熙喃喃地说。

那巨大的拳头一眨眼又从地面上消失了，只留下一个大大的黑洞。三个巨怪一个接一个地跳进洞里。大地再次震颤起来，想必是他们跳进了某个地下洞穴。

圣诞老伯眼看着周围担惊受怕的妖精们、被摧毁的房屋，还有玩具工厂的一片废墟，静静地等了一会儿。什么都没有发生。巨怪们终于走了。

"他们走了。"他说。

他看着如今的妖精堡，耳中传来小米姆的低语："什么都没有了。"

一个弹弹球从废墟中滚了出来，停在圣诞老伯的脚边。

不对，他们并没有毁掉一切。

有人敲门

回到伦敦。一个高高瘦瘦、衣着考究的骷髅般的身影出现在海博达樹利街 99 号门口。他身穿黑色长外套，头戴高礼帽，一手拿着本《圣经》，一手拄着根亮闪闪的黑色手杖，眨着一对灰色的眼睛，就像身后街道上伦敦的雾气般鬼鬼祟祟。

艾米莉亚正想关上门，但还是被克利帕先生抢先了一步。

他的脸几乎快要贴到艾米莉亚的脸上，她第一次这么近距离看他。克利帕先生的眼睛下长着两个大大的眼袋，受过伤的鼻子像膝盖般弯曲，两颊深陷，整个人仿佛就是一张皮和一副骨架组成的，完全没有血肉。

"千万别把一个绅士关在门外。再说，我是来帮你的。"

煤灰船长站在艾米莉亚脚边，警戒地竖起尾巴。

"我不喜欢你，"猫咪发出嘶嘶声，"我知道你是谁，并且一丁点儿都不喜欢你。真高兴毁了你的地毯。"

"真为你母亲感到抱歉。"克利帕先生说道，可脸上一点抱歉或伤心的样子都没有。

"你是怎么知道的？"艾米莉亚疑惑地问，低头看着他的裤腿。这不是先前被煤灰船长撕坏的那条裤子。

"自然是有人告诉我的。"

"好吧，谢谢您，先生。圣诞快乐，先生。"

"所以你不打算跟我道个歉吗？竟敢把肮脏的烟囱刷子砸到我脸上，还拒绝我的好意，你这野蛮的小畜

生！"

艾米莉亚再一次准备关门，克利帕先生突然一把扭住她的胳膊。

"走开，离我远点，你这个臭蘑菇！"

"照她说的做。"煤灰船长喵喵叫道。

克利帕先生露出一个诡异的笑容，整张脸都皱了起来，活像一片枯死的树叶："噢，不，这可不行。你得跟我走。你知道，我这辈子没别的追求，就喜欢纠正错误。正好你的妈妈求我来纠正你。她是这么跟我说的：你太像你爸爸了。"

艾米莉亚知道，妈妈绝不会这么说爸爸。

"这是我的使命。我的济贫院就是让你这样的坏孩子学规矩的地方。现在你该跟我走了。"他死死抓住艾米莉亚的胳膊，指甲深深嵌进她的皮肤。

不，绝不！艾米莉亚在心底里喊叫。

她低头看着煤灰船长，用眼神向他求救。猫咪深深地看了她一眼，扭头跑向客厅。

好计划，煤灰船长，艾米莉亚想。

她奋力地从克利帕先生手中挣脱出来，用自己最快的速度冲进那黑暗的小客厅。

现在只有两个选择，要么从破窗子里跳出去，要么爬上烟囱。煤灰船长已经在壁炉里了。

"好猫咪！"

克利帕先生是不可能爬进烟囱的。

"给我回来！"克利帕先生大吼着冲进客厅，扭曲的长脸上满是怒火，"你这小杂种！"

"绝不！"艾米莉亚啐了一口，煤灰船长也用嘶嘶声表达了同样的意思，"好了，船长，我们走。"她从地上一把捞起煤灰船长，然后蜷起身子钻进壁炉，消失在黑暗的烟囱里。

艾米莉亚把猫咪放在肩膀上："乖乖待在那儿，别挠我。"说着，她开始向上攀爬，手肘和双脚抵着满是煤灰的烟囱内壁。里面实在是非常狭窄（即便是以烟囱的标准来看），煤灰一碰就窸窸窣窣地往下掉，很难稳住身子。突然，她感觉到自己的一只脚被克利帕先生抓住了。对一个骨瘦如柴的男人来说，他的手劲儿

还是很大的。他用力地把她往下拽，她的手肘硬生生地剐过烟囱内壁，钻心地疼。她的心怦怦直跳。无奈之下，她本能地抬腿往下踹，一下，两下，三下，总算摆脱了他，还赔上了一只靴子。

"你给我回来，该死的兔崽子！"

艾米莉亚一路爬进黑暗中，头也不回。她艰难地往上爬，越到上面就越挤。

煤灰船长先从烟囱里出来，接着，艾米莉亚也扭动着身体挤了出来。煤灰船长和艾米莉亚终于进入了光明。

天空下着雪，屋顶白茫茫的一片，艾米莉亚忍不住眨了眨眼睛。煤灰船长突然跑了起来，在白雪上留下一串小小的脚印。

"原来你在那儿！"一个声音从地面上传来。

积雪让屋顶变得滑滑的。尽管她不是一只猫咪，就连靴子也只剩了一只，她还是沿着屋脊轻快地跑起来，没有摔下去。屋顶很长，但最终还是到了头。她必须跳到下一座房子的屋顶上。

"你先跳。"艾米莉亚对猫咪说。煤灰船长跳了过去，轻轻松松。艾米莉亚也跟着纵身一跃，成功了，虽然没有猫咪那么轻松。

一群唱诗班成员正唱着《平安夜》，此刻齐刷刷地停了下来，抬头盯着她看。她屏住呼吸往下看，只见克利帕先生正拄着他的手杖，飞快地朝她走来。她爱妈妈，也知道妈妈做的一切都是为她好，但妈妈真的不知道克利帕先生有多可怕。艾米莉亚心中刮起一股风暴，里面有恐惧、惊慌，还有呼啸着的哀伤。

"啊！"

她脚下一滑，从屋顶的另一边滑了下去。

她幸运地抓住了什么东西，又硬，又湿，又滑。还没反应过来到底是什么，她又失手摔了下去，后背着地。她躺在地上环顾四周，意识到自己应该是在一户人家的后院里。煤灰船长跑了过来，跳到她的肚子上。

"没事了，"他对她说，当然，用的是猫咪的语言，"你能做到。"

艾米莉亚听懂了，这是她第一次听懂猫咪的语言。

艾米莉亚和煤灰船长一起站了起来，跑出院子，跑进房子后面的小路。他们来到了印度街，远处唱诗班正唱到《仁君温瑟拉》。艾米莉亚扭头看向身后，没有发现克利帕先生的身影。她一路狂奔，跑进未知的未来。

沃多老伯和他的大词

圣诞老伯站在他的破雪橇边上，老朋友布利赞走过来，用鼻子蹭了蹭他。

"没事了，布利赞。"

妖精们全都站在雪地里，一边大嚼急救糖李子安抚情绪，一边等圣诞老伯发话。

终于，他开口了。

"好了，"他露出一个微笑，"这是一个不同寻常的平安夜，不过也不算太糟，咱们得看看好的一面。"

"好的一面？"一个身穿黑袍，长着一脸长胡子和浓眉毛的妖精绷着脸说，"哪有什么好的一面？这是一场浩劫，一场史诗级的灾难，一场大祸，一场……一场……'浩难'！"

圣诞老伯叹了口气。沃多老伯总有本事把大家弄得更沮丧一点，还能顺便炫耀炫耀他的那些大词。沃多老伯是所有妖精里认字最多的，七千六百万个妖精词语，他每一个都认识，有时候甚至还会自己造词，就为了唬人，让自己显得特别聪明。事实上根本就没有"浩难"这个词，这一点圣诞老伯可以确定。

奴熙注意到，雪地上有沃多老伯的脚印，他是一路从西边的山里走过来的。这很奇怪，因为往年的圣诞节他总是待在每日雪情办公大厦里。

圣诞老伯挤出一个笑容："好啦，沃多老伯，万事都有好的一面。你看，现在巨怪们走了，大家都安全了。咱们必须得找出这事发生的原因，咱们会的，一定会的，但不是在今天。没错，是有一些妖精受伤了，可咱们有很棒的妖精医疗队，德拉博医生也在这儿呢。况且还有驯鹿，还有几栋房子没倒，你看，每日雪情办公大厦就没倒。重建房子的这

段时间，妖精们可以住在那里，或者住我家也行，我的床至少可以睡十一个妖精。至于我嘛，我可以睡在蹦床上。但有一点不能忘记：今天是平安夜，咱们还有工作要做。"

人群中传出一阵吸气声，就连布利赞都觉得不敢相信，于是撒了一泡尿来表达这一想法。

"圣诞节？圣诞节！"沃多老伯怒气冲冲地说，"你是在开玩笑吧？今年不会有什么圣诞节了！"

"万岁！"小米姆欢呼起来。他根本不明白自己刚刚听到的话是什么意思，只是听到"圣诞节"这个词就很高兴，"圣诞节！爸爸，圣诞节到了！"

哼哼点了点头，闭上双眼，努力去想姜味饼，希望能用这个办法让自己平静下来。

这时候，沃多老伯上前一步，低声说了一句："这是不可能的。"

妖精们纷纷倒抽一口气，家长们迅速伸手捂住孩子们的耳朵。

"沃多老伯，拜托，别说脏话①，有孩子在场呢。"圣诞老伯接着对大家说，"我知道，这似乎很……困难。但曾经有个智者对我说过，世界上没有什么不……那个词。每个人类小孩都在期待这个夜晚，我们必须给他们带去魔法。"

"恐怕沃多老伯说得没错。"托普老伯说。

妖精们面面相觑。

"没有玩具！"

"没有雪橇！"

圣诞老伯点点头，"没错，确实出了点麻烦事。"他不由自主地看了一眼破碎的雪橇，"雪橇需要修理，但我们还有驯鹿啊，还有我呢，还有无限空间袋，还有满世界的希望。每一个人类小孩在今天都会满心欢喜。过不了多久，天空就会被希望点亮，北极光会比以往任何时候都更加明亮。"

"我不想扫大家的兴，"做皮带的布里尔大娘插了

---

① impossible 对精灵国的孩子而言是"脏话"。参见本书作者的另一部作品《圣诞男孩》。

一句，"但要是真是那么回事的话，刚才的一切就都不会发生了吧。"

圣诞老伯伸手摸了摸口袋里的一张纸，是艾米莉亚·威沙特寄给他的信。艾米莉亚是第一个收到他礼物的孩子。托普老伯踮起脚尖，伸出手想去拍拍圣诞老伯的后背，却只拍到了他的屁股，显得有点尴尬。

"嘿，妖精们，"圣诞老伯说，"你们可是妖精啊！至少应该试一试，不是吗？人类需要我们！现在，还有什么问题吗？"

小米姆举起了手。

"来吧，小米姆，"圣诞老伯说，"尽管问吧。"

"您能跳一段塞克舞吗？"小米姆问道。几个妖精忍不住笑出了声。要不是因为今天发生了这么多的坏事，跳跳塞克舞本该是个不错的主意。

"塞克舞？呃，这个……"

"从来没见过您跳塞克舞。"小米姆不依不饶。

"小米姆，"奴熙压低声音对儿子说，"我觉得现在提这个不太合适。"

"小米姆，我不是个妖精啊。看看我，这么高大，再看看我的大肚子。我是说，我是被施了梦芯咒没错，但是……塞克舞还是留给妖精们来跳吧。"

小米姆伤心极了，欢乐的笑容瞬间从他脸上消失，就连那对尖尖的小耳朵似乎都垂了下来。

"人人都可以跳塞克舞。"小米姆细声细气地说，"不然塞克舞还有什么意义呢？"

圣诞老伯仔细一想，既然有这个机会让妖精们振作起来，为什么不呢？

他深吸一口气，在掌声中开始跳了起来。

事实证明，圣诞老伯是个相当不错的塞克舞者。

"好啦……"他刚跳完就上气不接下气地说，"现在……谁愿意……和我一块儿……来拯救圣诞节？"

"我！"那个尖细的小声音再次从前排传来。

"谢谢你，小米姆。"

"还有谁愿意？"

奴熙举起了手，托普老伯也举起了手，还有几个

妖精也举起了手。可是，圣诞老伯从没见过妖精们情绪如此低落。

"好啦，真好，棒极了！"

他安慰地拍拍布利赞，眺望着山的那边，一边想象着此刻人类世界的情景，一边为接下来的圣诞节做着最好的打算。

奔跑

艾米莉亚跑呀跑。

她的头脑一片空白，只知道跟着煤灰船长一路狂奔，穿过漆黑的夜晚。她追随着猫咪白色的尾巴尖，如同文字追随着一个感叹号。过了一会儿，她突然意识到，与其穿着一只靴子跑，倒不如直接赤脚。于是她脱掉仅剩的一只靴子，把它放在人行道上。

她一边跑一边哭，跑过一座座温暖舒适的小房子，家家户户都拉着窗帘，人们在这快乐的平安夜进入梦乡。她满脑子都是那些孩子，他们明天一早醒来看到长袜里的玩具士兵和中国娃娃该有多高兴。她不知道自己该做些什么，也不知道该去往何处。

一个卖烤栗子的老婆婆推着她的小推车走在路边，看起来慈眉善目的。

"您好，老婆婆。"艾米莉亚冲她打了个招呼。

"你好啊，孩子，"她回答道，一张嘴露出两排黄黄的脏牙，"你和你的猫咪为什么还不回家呢？"

艾米莉亚又冷又伤心，绝望极了。她紧紧抱住煤灰船长："我们，我们没有地方可以去。"

卖栗子的老婆婆停下了步子，盯着艾米莉亚的眼睛。

"你没有家？"她打了个喷嚏，"噢，这可不好。"

"没有了，原来的家现在也不安全了。"艾米莉亚说着环顾四周，"克利帕先生正在追我。"

"千万别被他抓到，济贫院可不是你这样的女孩子该去的地方。无论如何都不能去他的济贫院。"她又打了个喷嚏。

"我们能跟您回家吗，我和我的猫？"艾米莉亚恳求道。

老婆婆低头看着地面："哎，恐怕不行啊，亲爱的……这猫，我没法靠近这些小东西。它们弄得我浑身不自在。你看，怪不得我一直打喷嚏。我想想……我想想……你最好去圣保罗街那块儿找找布罗德哈特太太，她是个好人。你告诉她，是贝西·史密斯介绍的。嗯，就是我，贝西·史密斯。布罗德哈特太太专门照顾你这样的小女孩……卖火柴虽然不是什么好工作，但好歹比被关在克利帕济贫院里强多了，对吧？"

"谢谢您。"艾米莉亚十分感激，说着就要走。

"来点栗子吧，亲爱的。一点圣诞礼物。"老婆婆冲着她喊道。

没时间了。艾米莉亚看见街角出现了一个长长的影子，一个拄着手杖的高瘦男人的影子，她立马反应过来那是谁。

"我得走了。"她边跑边说。

"祝你好运啊，孩子。"

普莱警官

艾米莉亚光着脚，沿着泥泞的街道不停地奔跑，双脚再疼也不敢停下来。她一边跑一边躲避着醉汉，还有别人家尿壶里泼出来的温热液体。终于，她到了圣保罗大教堂。那是一座宏伟的建筑，壮观的穹顶像极了一个洋葱，却梦想着成为一个比洋葱要伟大得多的东西。到处都是人，大家刚做完午夜弥撒，正从教堂里鱼贯而出。艾米莉亚没见到一个长得像她想象中的布罗德哈特太太的人。

一不小心，她撞到了一个身穿蓝色制服的警察。在她很小的时候，街上根本就没有警察，更不要说这种穿着笔挺蓝色制服的警察了。可现在，到处都能见到他们的身影。这个警察长着一丛毛茸茸的大胡子，仿佛不是脸上长出一丛胡子，而是胡子上长出了一张脸。

"对不起，先生。"艾米莉亚朝他道歉。

"你好，小女孩，"他说，"你这是要去哪儿？"

"我在找布罗……"

艾米莉亚还没说完，一个熟悉的声音打断了她。

"没事了，普莱警官，她是跟我一块儿的。"

艾米莉亚倒吸一口凉气，转身看见克利帕先生正在煤气灯下恶狠狠地盯着她。

她正想逃跑，却被一只瘦骨嶙峋的长手给抓住了。

"晚上好，克利帕先生，阁下。"普莱警官说着脱下了帽子。

克利帕先生露出一个枯叶般的微笑："是这么回事，艾米莉亚·威沙特是个野孩子，就像她怀里的坏猫那么野，得有人来好好调教调教。她是济贫院的新人，要是您能帮我把她带回去，那可真是感激不尽。"

"当然，"普莱警官说着，抓住了艾米莉亚的另一条胳膊，"我明白了，她是个野孩子，我会帮您把她带回济贫院。"

"我不属于那里！"

但她说什么也没有用。艾米莉亚只是一个无依无靠的小女孩，没有鞋子，没有父母，也没有希望。

查尔斯·狄更斯

利帕先生看了一眼煤灰船长，煤灰船长冲着他低声嘶吼："对了，还得把这肮脏的东西处理掉。"

艾米莉亚心里顿时充满了恐惧。煤灰船长是她的一切，是她最好的朋友。无论生活多么糟糕，煤灰船长总会陪在她身边，舔她的脸蛋，在她的下巴上蹭脑袋。他是一只喜欢人类的猫咪——只有一个人除外。

正在这时，一个男人朝他们走来。他身材瘦削，衣着光鲜，穿着一件亮紫色的外套，戴着礼帽和一副精致的皮手套。他有一张轮廓分明但十分友善的脸庞，眼睛里闪烁着智慧的光。艾米莉亚能看出来，这个男人不单单是个有钱人，嗯，家里有漂亮壁炉的那种，很有可能还是个喜欢猫的人。没错，他身上的确有种猫一般的感觉。

这个男人坦然地盯着普莱警官："发生了什么事？"他嗓音浑厚，就像一个美味的圣诞布丁。

"这儿有个野孩子，她属于克利帕先生的济贫院。"普莱警官回答道。

男人转头看向克利帕先生，眼神犀利："没有一个孩子属于济贫院，尤其是在平安夜。"

"呸！"克利帕先生说，"胡说八道。"

"请问您是哪位？"普莱警官问道，上上下下打量着这个男人。

"我是查尔斯·狄更斯，作家。想必你一定听说过我的名字。"

查尔斯·狄更斯！如果不是在这样的一天，艾米莉亚一定会非常高兴见到他的。查尔斯·狄更斯是她最喜欢的作家。圣诞老伯送了她一本他写的《雾都孤儿》，她爱不释手。

克利帕先生耸耸肩，冷笑一声："没听说过。"

查尔斯·狄更斯蹲下身子，平视着艾米莉亚，他的下巴尖上有一点黑黑的小胡楂儿："你的父母在哪儿，亲爱的小姑娘？"

"死了。"艾米莉亚回答，一颗眼泪顺着脸颊滚落。查尔斯·狄更斯伸手帮她擦掉了眼泪。

艾米莉亚有点不好意思："对不起，狄更斯先生。"

查尔斯·狄更斯微笑着，眼里满是关切："永远不要为流泪感到羞耻。"

克利帕先生在一旁发出"啧啧"的声音。普莱警官开口了："好了，能不能请你行行好，别挡道，狄更斯先生？"

艾米莉亚伤心到了极点，想说话却什么也说不出来。她知道，这是她最后的机会了："求您了，先生。您喜欢猫咪吗？您看，他们不让我带着我的猫……"

查尔斯·狄更斯当然喜欢猫咪。这天早上他刚在笔记本里写下这么一句话："还有比一只猫咪的爱更棒的礼物吗？"他心想或许哪天能把这句话写进一本小说里。他养了一只名叫鲍勃的猫，相信鲍勃一定会喜欢它的新朋友。

"我喜欢猫咪，但把这个小家伙从你身边带走可不太好。"

艾米莉亚被两个坏蛋一步一步拖走，她必须尽快把话说完。查尔斯·狄更斯加快脚步跟在他们身边。

"他还是属于我的，您只需要帮我照顾他一段时间，等我逃跑了就来带他走。"

"你永远也别想逃跑。"克利帕先生低声说。他拖着艾米莉亚进了一条死寂的小路，这条路蜿蜒曲折，一片漆黑。路的尽头矗立着一栋高高的、令人毛骨悚然的石头房子。那是一栋灰色的房子——墓碑的那种灰色。一盏孤零零的煤气灯闪着鬼火般的幽光，勉强照亮了街道。艾米莉亚的直觉告诉她，这就是济贫院了。

普莱警官的胡子抽动了一下，"阁下，"他冲着作家说道，"要是你再继续跟着我们，恐怕我只好以妨害公众罪逮捕你了。"

查尔斯·狄更斯看着那浑身颤抖的可怜猫咪，还有那抱着猫咪的浑身颤抖的可怜女孩。被拖进济贫院的前一刻，艾米莉亚把煤灰船长放到地上。

"去吧，跟着狄更斯先生。"艾米莉亚对猫咪说。

克利帕先生跺了跺脚，想把猫咪吓跑。煤灰船长冷漠地看着克利帕先生的一只鞋子，丝毫没有被吓倒。

"快去啊，"艾米莉亚说，"狄更斯先生会照顾你的。"

查尔斯·狄更斯把猫咪抱了起来。

"我会好好照顾你的。"他知道把猫咪从她身边带走是不对的，尤其是在圣诞夜，但他还是这么做了，因为对一只猫咪来说，有一个家总比流落街头要好，"等你从济贫院里出来，欢迎来带他走，在那之前，他会一直和我在一起。记得来布鲁姆斯伯里找我，道堤街48号。"

"他喜欢吃鱼！"艾米莉亚绝望地喊着，眼看着就要被拖进济贫院的大门。

"他每天都会吃到

99

最好的沙丁鱼。"

"他的名字叫煤灰，还有，他是个船长。"

查尔斯·狄更斯点点头："好的，那么，他叫作煤灰船长，棒极了！"

猫咪伤心地看着艾米莉亚，"我会想你的。"他喵喵叫道。艾米莉亚也伤心地看着猫咪。查尔斯·狄更斯站在街上，眼睁睁地看着这个破衣烂衫、浑身煤灰、光着脚的孤儿被拖进济贫院，即将在那里度过圣诞节。他带着猫咪向家的方向走去，跟一个刚从隔壁酒吧出来的男人打了个照面。

"圣诞快乐！"那个男人说。

"同乐。"查尔斯·狄更斯回道，他实在说不出"圣诞快乐"这几个字。

"这难道不是最好的时代吗？"那男人继续说。

查尔斯·狄更斯点点头，猫咪在他怀里轻柔地"喵"了一声："没错，也是最坏的时代。"

黑暗的天空

玩具工厂里完好的玩具所剩无几：五个陀螺、七个弹弹球、十包游戏卡片、二十一个洋娃娃，还有一只被挤扁的小蜜橘。

天色暗下来了。圣诞老伯唱着歌，试图让大家振作起来。

"叮叮当，叮叮当，铃儿响叮当……"

可只有小米姆在跟他一起唱。

这时候，奇普来了。奇普是妖精堡的雪橇专家，在大道上开了一家雪橇中心——当然，也在巨怪的袭击中被摧毁了。

奇普是个安静的妖精，身材细高，有点驼背，看起来就像一个行走的问号。他说话声音很小，几乎得把耳朵贴到他嘴边才能听清他在说些什么。他小时候曾被人类绑架，是圣诞老伯救了他。打那以后，他们俩之间就一直保持着一种特殊的友谊。

"你好啊，奇普。"圣诞老伯冲他打招呼——他刚从一堆废墟里爬出来，手里抓着一片才找到的多米诺骨牌，"你能帮我把雪橇修好吗？"

奇普摇摇头："不能，不可能修好的。"

圣诞老伯倒退了一步："今天是怎么回事，人人都在说脏话？"

接着，奇普把修不好的原因一五一十地告诉了他："指南针坏了，雪橇框架被砸得粉碎，后座消失了，挽具裂成了一片片，希望转换器和推进器着了火，测速仪失灵，测高仪炸了，起落架彻底毁了，内饰简直不忍直视，轮子掉光了，备用手动操作系统也用不了。哦对了，时钟不见了。"

圣诞老伯点点头。

"除了这些之外，一切都好吧？"

"它根本就没法升空，更别说满世界飞了。"

圣诞老伯低下头，看了看手里那块空白的多米诺骨牌："好吧，奇普，谢谢你。"

过了一会儿，圣诞老伯独自坐在雪地里，思考接下来该怎么办。托普老伯给他端来一杯热巧克力，胳肢窝里还夹着一份《每日雪情》。

"让我瞧瞧。"圣诞老伯说。

老妖精不情不愿地把报纸递给他。

"'巨怪摧毁圣诞节'。沃多老伯可真会鼓舞人心啊，是吧？"

托普老伯笑了笑："有灾难报纸才好卖嘛。不过，听着，恐怕这回他是对的，别再想圣诞节了。"

"那孩子们怎么办？"

"嗯，过去怎么样就怎么样喽！在去年以前，没有咱们的时候他们不也熬过来了？再说了，这种情况只会发生一次，明年再来嘛。"

"可要是明年我们也做不到呢？"圣诞老伯问道。

这下托普老伯答不上来了。通常，所有的问题他都能答得上来。

下坠的驯鹿

圣诞老伯向他的驯鹿们走去，小心翼翼地避开地上的裂缝。

他看得出来，驯鹿们还没从刚才的惊吓中缓过神来。

"好啦，没事了，我的小鹿们。我知道，刚才发生了点小意外，但咱们必须尽全力让事情回到正轨，大家明白吗？"

没有一头驯鹿愿意直视他的眼睛。布利赞低着头在嚼雪。舞蹈家和丘比特亲昵地用鼻子拱对方。彗星嗅了嗅老妖婆的屁股，被她一口咬住了耳朵。冲锋者神色不安地绕着圈子走啊走。跳跳则突然假装对自己的蹄子感兴趣起来。

"我们没有雪橇，也压根儿没剩几样礼物，但我还是想努一把力，哪怕只让几个人类孩子开心起来也好。

我只需要你们中的一个，让我骑在他的背上。今晚一定会很辛苦，所以我需要一个信念坚定的伙伴。"

驯鹿们面面相觑，然后齐刷刷望着圣诞老伯。跳跳的眼神仿佛在说："你一定是在开玩笑吧。"

不过，让圣诞老伯喜出望外的是，布利赞上前了一步。

"你是我真正的朋友，布利赞。"圣诞老伯在驯鹿耳边低语一声，努力想爬上他的背。他已经好多年没骑过驯鹿了，一下子没掌握好平衡，摔了个嘴啃泥。彗星忍不住发出一声窃笑，当然，是用驯鹿的方式。不过呢，圣诞老伯第二次就成功了。

"看，多简单。"他得意地说。

圣诞老伯抬头望着天空，努力搜寻北极光的迹象。他必须升到高空，让自己沐浴在北极光里，沐浴在那圣诞之夜弥漫在空气中的魔法与希望的微粒之中。只有那样，魔法才会发生，时间才会停止。今天就是平安夜，

天空理应被绿色、蓝色和粉色的光芒点亮，可现在，什么也没有。除了黑暗、月亮，和星星之外，什么也没有。今天的天空和平时没有什么两样。

他掏出怀表，指针依然在嘀嗒转动，还剩十分钟就到"睡觉时间了"。

没有什么不可能……

"来吧，布利赞，咱们能行，去寻找北极光吧！"

布利赞奔跑起来。他跑啊跑，跑啊跑，跑啊跑。他是所有驯鹿中跑得第二快的（仅次于冲锋者），却是最强壮的一只。他载着圣诞老伯飞速穿过大地，跳过巨怪袭击时留下的巨大裂缝和一堆堆的废墟。

圣诞老伯向前俯身，双手紧紧抓住坚硬的鹿角。

"就是这样，布利赞，飞吧！飞起来吧！你能做到！飞吧！飞吧！飞吧！"

布利赞竭尽全力想要飞起来，谁也不能怀疑这一点，但努力和真的飞起来是两回事。他们眼看着就要到达驯鹿场边上结冰的湖泊了，就连圣诞老伯都有点忐忑："加油啊，布利赞！"

他成功了。蹄子踏雪的声音消失了，因为它们正在空中无声地踩踏，每一步都升上更高的天空。

"好样儿的，布利赞！我们成功了！"圣诞老伯探头朝下望去，南边原本是妖精堡的地方如今成了一堆废墟，就好像一个孩子用玩具堆成的村庄，在他一气之下被轰然摧毁。

圣诞老伯注意到，只有每日雪情办公大厦毫发无损地矗立着。一定是因为沃多老伯用的那些昂贵的建材吧，整栋大楼都是用加厚姜味饼建起来的。

就在这时，他发现布利赞开始往下跌。

"布利赞？怎么回事？我们得继续上升啊！"

他们开始快速地下坠，离高高的天空越来越远，最后，不得不在结冰的银湖上迫降。布利赞——不怎么擅长溜冰——在冰上失控地滑行，四只鹿蹄朝四个方向伸开，不停地飞速地打转，圣诞老伯只觉天旋地转。终于，他们撞到了湖岸边，圣诞老伯整个人飞了起来，在空中完成了一个完美的空翻，背朝下重重地砸在雪地上。他在原地躺了一小会儿，直愣愣地盯着夜空。他尽自己最大的努力希望能看到哪怕一丁点儿的魔法，却什么也没有看到。他伸手摸了摸口袋里艾米莉亚的信，知道自己恐怕再也没法给她回信了。

肥皂

济贫院是一座阴森可怖的石头建筑，孤零零地耸立在街道的一侧，仿佛其他的建筑都被吓得不敢跟它站在一起。黑漆漆的金属大门里还有一扇幽暗的绿门。天空阴云密布，让整座建筑看起来仿佛一座巨大的监狱。

"谢谢，普莱警官，现在交给我吧。"克利帕先生说着，给了普莱警官一点小费。

"噢，谢谢您，先生，谢谢您。"

普莱警官转头对艾米莉亚说："乖乖听克利帕先生的话。"

"我不属于这儿！"艾米莉亚冲着警察大喊，大门在她身后慢慢关上，希望逐渐远去。

克利帕先生拖着她走进了济贫院。

"没有人属于这儿，"他一边说一边挠挠自己残破

的鼻子，"这就是济贫院的意义所在。"

一个女人站在门口迎接他们。她穿着一身浆得笔挺的藏蓝色棉布裙，整个人又矮又瘦，长着一个突兀的大下巴，一脸苦相，仿佛刚吃了一个极酸的柠檬。她拿鼻子嗅了嗅艾米莉亚，做出一个厌恶的表情。

"这是新来的，夏普太太。"

"这个脏东西叫什么名字？"

"问你呢！"克利帕先生吼道，用手杖狠狠地朝艾米莉亚一戳。

"我叫艾米莉亚。"

"艾米莉亚？"夏普太太说，"听着和'改善'①差不多，意思就是'让某样东西变好一些'，对你这样的坏东西来说，实在是再容易不过了。"

她发出一声窃笑，像个凄惨的幽灵般押着艾米莉亚走进里屋。

济贫院从外面看就已经够糟糕的了，但是，没有

————————

① 这个词语的英文是 ameliorate，发音和艾米莉亚（Amelia）相似。

什么能比它的内部更加可怕的了。这个地方到处都是锋利的锐角和冷硬的线条，还有数不清的过道、集体宿舍和工作间。所有的墙壁都被刷成一种难看的深棕色，那是艾米莉亚这辈子见过最阴郁的颜色，光是看一眼就让她心情沉重。一个弱不禁风的老头子正在刷墙，用的涂料和墙壁上的一模一样。艾米莉亚看了一眼涂料罐子，标签上写着三个大字："惨棕色。"

没有一样东西能让人联想到平安夜。

"这儿永远都有干不完的活儿。"克利帕先生对这个事实感到十分满意，他说，"我把她交给你了，夏普太太。"说完，他转向艾米莉亚，"现在我要回家去，新来的烟囱清扫工到了，比上一个好得不要太多，那个野蛮的小东西。"

他走了，只剩下艾米莉亚和夏普太太。

"好了，"夏普太太说，"该洗澡了。"

她们来到一扇木头门前，门上的涂料已经片片剥落，仿佛一个正在掉痂的伤疤。夏普太太打开门，艾米莉亚的眼前出现了一个又阴又冷的大房间，正中央摆着一个浴缸，墙壁上满是潮湿的水渍。

接下来，夏普太太让艾米莉亚洗了她这一辈子最冷的一个澡，就连流下来的眼泪都暖不起来。洗完之后，夏普太太递给她一团似乎是麻袋的东西。

"这是什么？"艾米莉亚问道。

夏普太太摇摇头："济贫院里不允许提问。"

这时候，艾米莉亚已经明白了，手里的东西并不是麻袋，而是一件衣服。

她穿上了这件可怕的制服，但它实在是太大了，在她身上晃晃荡荡："好痒。"

夏普太太摇摇头，拿出一把梳子开始梳理艾米莉亚的头发，动作十分粗鲁。

"别这样！"艾米莉亚痛得大叫起来，"走开，你这个……"她脑子里一片空白，又累又虚弱。她刚过完人生中最糟糕的一天，还被人这样狠狠地拉扯头发，伤心透顶，于是从她嘴里冒出来的第一个词就是"怪物"。

夏普太太气疯了。她从洗澡水里捞起一块肥皂："张开你的脏嘴！"

"不！"艾米莉亚尖叫着回答。

"你这个小杂种！快给我张开嘴，否则别怪我把你锁进地下室！"艾米莉亚被迫张开嘴，邪恶的夏普太太用肥皂在她的舌头上狠狠地摩擦。

艾米莉亚闭上双眼，潮湿的肥皂那刺鼻的味道冲进鼻子，弄得她直想吐。但她不想把自己的难受表现出来，于是她决定，用自己能想到的一切脏话来骂夏普太太——当然，也只能是想想罢了：

"怪物！"

"女巫！"

"胡说八道！"

"大骗子！"

"蠢蛋！"

终于，夏普太太洗完了她的嘴巴，拖着她大步走到一条长长的过道尽头，把她带到了睡觉的地方。那是一个阴暗的集体宿舍，里面已经睡了十三个人。她的床是硬木板做的，上面只有一条薄得可怜的垫子。

"你每天晚上可以睡四小时，所以别浪费时间。"

"我什么时候才能离开这儿？"艾米莉亚问道。

夏普太太似乎被这个问题吓了一跳："什么？离开？你不会离开这儿的，小姐。你要在这儿待上很久很久。"

门被关上了。睡在她上铺的女孩在打呼噜。

下一个圣诞节，我还会在这里吗？艾米莉亚想。怎么会有人能在这种地方活过一年，甚至两年，三年的？

她闭上眼睛，开始思考。要是她能回到从前，和妈妈在一起的时光，或者来到未来，在她离开这个鬼地方以后，该有多好。

她本想许个愿，但突然意识到，现在许愿已经没有任何意义了。她能向谁许愿呢？圣诞老伯吗？没用的，她已经对他失望了。

"下一个圣诞节，我会离开这里。"她喃喃地说，算作给自己的承诺。

然后，她尽最大的努力去相信这个承诺。

一年后……

奴熙的新工作

妖精堡的重建工作花了整整一年的时间，但由于妖精们非常勤劳能干，如今的妖精堡看起来比以前还要棒。唯一一座不需要修缮的房子就是每日雪情办公大厦，它完好无损地屹立在沃多街的尽头，就在新铺的大道边上。现在，它的周围又冒出来好多新的建筑。新建的商店和住房全都用上了巨怪防护材料（肥皂、砖头和蹦床缓冲垫），崭新又漂亮，尤其是那金灿灿的巧克力银行。不过呢，最壮观的还要数每日雪情办公大厦。要知道，它用的可是巧克力币所能买到的最昂贵的材料（加固姜味饼、精灵木材、坚硬的杏仁蛋白糖，就连窗户都是用纯净的北极冰做的）。

奴熙紧张地站在大厦顶层沃多老伯那令人叹为观止的办公室里。沃多老伯已经不再是妖精议会的会长

了。当然，这个头衔如今落到了圣诞老伯的头上。不过沃多老伯依然是妖精堡最富有的精灵，一分钟就可以赚到七百巧克力币。但他压根儿就不喜欢吃巧克力，所以他也是妖精堡唯一一个不会把钱吃掉的妖精。

"奴熙，很高兴你能来。"沃多老伯坐在一把比他大一倍的椅子里，妖精堡最有名的画师米洛大娘正在为他画像。这幅画像是他送给自己的圣诞礼物，完成之后就会被挂到墙壁上，和其他十七幅他的画像挂在一起。

"别客气。"

"告诉我，奴熙，你和驯鹿们谈得愉快吗？"

奴熙想了想。她其实并不怎么喜欢首席驯鹿记者这个职位，沃多老伯也知道这一点。"还不错，总有开心的时候。"她回答说，"嗯，其实……不怎么样。对，我讨厌这份工作。"她忐忑地环视四周，注意到他的一个五斗橱里塞满了各种分类归档的大词集子。

"那么，要是我说我希望由你来当巨怪记者，你觉得怎么样？"

奴熙脑袋一片空白，努力想说点什么，嘴里却不自觉地迸出两个字："'屁股'！"

她的脸腾地红了："我的意思是，波顿（发音非常像'屁股'）老伯怎么办？"

"这个嘛，波顿老伯得了巨怪恐惧症，找德拉布尔医生看病去了。他一闭上眼睛就会看见巨怪，根本没法接近那种生物。他现在连家门都不敢出，更不要说去报道巨怪新闻了。作为一个巨怪记者，这可是个大问题，你明白吗？"

奴熙表示理解。

"对了，你知道今天是什么日子吧？"

奴熙点点头："是平安夜。"

沃多老伯看起来有点暴躁。奴熙意识到，他似乎很讨厌听见"圣诞"这两个字。

"这不是重点。今天是

巨怪袭击一周年纪念日，那场可怕的浩劫。波顿老伯用了一年的时间——整整一年，到现在都没查出个究竟来！那可是有史以来最劲爆的新闻，影响之广，意义之远，前所未有！"他说着说着就忍不住笑了起来——他就是喜欢说那些大词，"要知道，这可是你的……"

奴熙不知道该说些什么。突然，她注意到窗外有什么东西在盘旋：一个小小的、漂亮的、有四个翅膀的、穿着银色衣服的小东西——一只会飞的故事精灵。她回想起去年自己看到过的那些故事精灵，就在巨怪开始袭击的时候。那些天里他们几乎无处不在，也不知道是什么原因。这只故事精灵敲了敲窗玻璃。

暴躁的黑胡子妖精注意到了窗外的动静。他眯起眼睛，冲故事精灵摇了摇头。精灵看起来有点疑惑，过了一会儿，他沮丧地飞走了。

"奇怪的小东西。"

"他们拥有特殊的力量，"奴熙说，"光用语言就能把你催眠。"

"这个，我什么都不知道。"沃多老伯快速地说，"好了，奴熙，你怎么看？"

"我不知道，"她说，"我得好好想想。"

沃多老伯笑了："不会有危险的。去年他们一个妖精都没弄死。如果你觉得不够安全的话，大不了带几块肥皂嘛，没什么好担心的。"说完之后，他叫米洛大娘把画像转过来给他看看。

画上的人跟他一模一样。

"画得一点都不像，一点都不像，"他说，"你说是不是，奴熙？"

"呃……"

"没错，一点都不像我。"他说着就把米洛大娘打发走了，重新回到巨怪的话题。

"我听到了一些声音。"他说。

这可是件新鲜事。"真的吗？"

"当然是真的，从地下传来的，就在昨天晚上，还有前天晚上。可能是巨怪在酝酿一场新的进攻。我们得派个人去调查清楚，去采访巨怪之王。"

奴熙的心怦怦直跳："厄古拉？"

"对。我们没有理由怕她。没错，她是个大个子，大概是有史以来体型最大的生物，但从前也有《每日雪情》的记者采访过她。"

"那是很久很久以前的事了。"

"时间并不会让事情有多大的改变。你觉得呢，奴熙？这可是你飞黄腾达的好机会。"

奴熙感到有些不安。她想起了小米姆，还有哼哼。

"可、可是，今天是圣诞节。"

沃多老伯大笑起来。他从来没有这样大笑过，而且一笑笑了好久。奴熙看了看手表，时针指向"时间不早了"。

"我的家人还在等我回家呢。"

"你明天一早准能到家。想想看，要是你弄到一条巨怪秘闻，你们一家就可以一辈子在巧克力币上打滚了。这不就是你一直想要的吗？再说了，你还可以拯救整个妖精堡，谁都不希望去年的灾难再来一遍……"

奴熙回到了家。这个家就建在老房子的废墟上，和老房子一模一样，墙壁上依然挂着七幅圣诞老伯的画像。小米姆像往常一样在蹦床上跳上跳下。哼哼急匆匆地往嘴里塞他的糖李子。这是一年中最重要的一天，千万不能迟到。他总是愁这愁那，一点小事就担心个不行。

"我不能迟到……有那么多事情要做……那么多弹弹球要试弹，那么多陀螺要试抽……那么多东西要检查……还有，要是巨怪再来一次可怎么办？"

奴熙的脸色变得苍白。她知道自己应该把去巨怪山谷采访的事告诉丈夫，但她怎么说得出口呢？哼哼会被吓死的。

于是，她什么也没有说。

小米姆用力一蹦，从蹦床上跳下来，降落在妈妈的怀里。"圣诞节快到啦！"他兴奋地嚷嚷着，又亲了亲她的耳朵。

她想起去年圣诞节的早上，小米姆是那么兴奋，没想到竟然发生了巨怪袭击。这种事情绝对不能发生第二次。

"对呀，今晚就是平安夜了，下午你可以和别的孩子一起去玩具工厂挑选玩具。"

"万岁！"小米姆欢呼起来。

"不过呢，首先你得做好准备，要去雪橇艺术学校参加圣诞派对，幼儿园的每个孩子都得到了邀请。雪橇铃铛乐队会演奏……"

和奴熙一样，小米姆也是雪橇铃铛乐队的忠实听众，那是他最喜欢的乐队。他们最有名的曲子《驯鹿驯鹿飞过群山》是他最喜欢的歌曲，没有之一。可是，小米姆竟然皱起了眉头，这让奴熙十分不解。

"巨怪今年不会再来了吧，对吗？"

"当然，他们不会再来了。"奴熙回答道。话是这样说，可她也忍不住怀疑起来。她看着儿子清澈的大眼睛，知道自己绝不能对他撒谎。"听着，小米姆，他们派我去巨怪山谷，去做采访。"

小米姆睁大了眼睛："原来你要去探险！"

"也不是探险啦，只是一趟短途旅行而已。我得去搜集一些信息，就在树林的那边，很快就会回来的，我保证。不过，这是咱们俩的小秘密，明白吗？我的小宝贝。"

她把儿子拉进自己的怀里，用力闻了闻他香甜的头发。她简直不能爱他更多。

"不会有事的，"她说，"妈咪只是去做一件她一直想做的事情而已。"

小米姆抬起头看着妈咪，心想："我也可以来一趟短途旅行，只要别碰见那些可怕的巨怪就好了。去年他们毁了圣诞节，还让爸爸做了好多噩梦。"

他不想让妈咪一个人去巨怪山谷。于是，他给自己制订了一个小小的计划，决定谁也不告诉。

真话精灵

奴熙和小米姆手拉着手，一起穿过雪地，走向幼儿园。妖精堡上上下下一片欢腾。妖精们一个个步履匆匆，手里不是抱着新衣服，就是捧着一大堆巧克力币。大家都赶着去驯鹿场，因为圣诞老伯即将在那儿打开他的无限空间袋，让妖精们把送给人类孩子的礼物通通扔进去。奴熙感到有点伤心，她就要错过今年的平安夜了。可是，正如沃多老伯所说，要是真有第二次巨怪袭击的话，妖精堡的居民必须有所准备。

奴熙把小米姆送到幼儿园大门口，亲了亲他的前额，就匆匆离开了。她路过姜味饼店，想起小米姆总是喜欢一口咬掉姜味饼妖精的脑袋，这时候，她突然觉得有点害怕。

要是自己再也见不到小米姆可怎么办？

奴熙离开大道，走上宁静街，接着左转进入寂静街，再右转进入密道，终于抵达苍翠山丘。这可不是奴熙第一次来苍翠山丘。当她还是个小女孩的时候，托普老伯就曾带她来这里寻找精灵。那时候，她抓到了一只会飞的故事精灵，把他关在一个果酱罐子里。她被他美丽的翅膀给迷住了。后来托普老伯发现了这可怜的小东西，非常生气。他放走了精灵，还给了他一个新词——"杂七杂八"，他喜欢得不得了。会飞的故事精灵靠吃词语为生，就像某些生物靠吃蜂蜜为生一样，所以他们一天到晚都在寻找各种稀奇古怪的词语，来给自己的故事添油加醋。

苍翠山丘的雪比妖精堡的还要厚，再加上一路都是上坡，奴熙很快就没力气了。她拖着沉重的脚步在雪地里前进，时不时地还会被松果绊倒。她对自己没告诉哼哼这点感到有点愧疚，但如果告诉他的话，他一定会非常担心，一定会劝她别去。哼哼是个好丈夫，就是有点胆小。他什么都怕，不单单是怕巨怪而已。他怕吃拐棍糖的时候磕坏牙齿，怕太阳忘记升起，怕有一天玩具工厂里所有的弹弹球都会停止弹跳，所有的陀螺都会停止旋转。当然啦，他最怕的就是巨怪再次来袭。再怎么说，她都无法抑制自己心里的愧疚感，那感觉就像是从高高的地方往下掉，却永远也落不了地。

透过一棵棵毛茸茸的松树，她看见前方出现了一座黄色的小木屋。那是精灵的小木屋，还没有妖精木屋的一半大小。

小木屋的颜色鲜亮极了，就像最黄最黄的奶酪。屋顶非常陡，像个箭头似的直指天空。整座房子只有一扇小小的窗户和一扇小小的门。

门上贴着一张小小的告示："注意，我只说真话。"哈，看来里面住的是真话精灵，奴熙想。她记得圣诞老伯是喜欢真话精灵的，所以她一定不会太吓人吧。奴熙这么想着，敲了敲门。

不一会儿，奴熙眼前出现了一个精致的小生物——她长着一双茶碟般的大眼睛，一对尖耳朵，穿着十分大胆（一身的黄色，黄色，黄色）。她咧开嘴欢快地一笑，

脸上带着狡黠的神情。

"看来你就是真话精灵了？"奴熙问道。

真话精灵抬头看了看妖精："对，我是，谢谢你告诉我，再见。"

真话精灵在奴熙面前"砰"的一声关上了门。

奴熙依然站在那儿，朝屋里大声说道："对不起，我想问你一些问题。我是圣诞老伯的朋友，只想知道今年会不会发生第二次巨怪袭击。我知道你是个精灵，不是巨怪，但精灵们总是消息灵通，所以我猜你也许……"

门开了，真话精灵站在门口。她睁着一对大眼睛，抬头看着奴熙。

"这么说，你是那个大个子的朋友啰？"

"没错。"奴熙骄傲地回答，她可是拥有七幅圣诞老伯画像的妖精。

"进来，"真话精灵说，"把你的木屐留在门外。"

奴熙脱下木屐，把它们留在门外的雪地里，跟着真话精灵进了屋。

木屋里面也是一片明亮的黄色，空气中弥漫着肉桂的香味。奴熙找了一把椅子坐下。

"我想请你吃点肉桂蛋糕，但其实我只想自己全部吃掉。"真话精灵对她说。

"没关系。"奴熙礼貌地说，尽管肚子已经饿得咕咕叫了。她拿出笔记本，问，"我可以把你说的记下来吗？我得写一篇报道。"

"可以，不过不许说那是我说的，我喜欢保持神秘。"

真话精灵直勾勾地盯着奴熙："你们妖精长得可真奇怪，手指那么粗，脸蛋那么宽，两条腿像树桩一样。我是说，你们跟圣诞老伯比起来好多了，他的耳朵竟然是圆的，不过你们也没差多少。你叫什么名字？"

"奴熙。"

"老天保佑①。好了，你叫什么名字？"

"奴熙。"

真话精灵皱了皱眉："老天保佑……你可真是个爱

---

① 在西方文化中，对方打喷嚏之后要说"老天保佑"。

打喷嚏的妖精。我才不希望妖精的鼻涕沾在我的地毯上。"

"噢，我不是在打喷嚏。我的名字就叫奴熙，奴熙是我的名字。"

"噢，噢，对不起。叫这么一个蠢名字一定很惨吧？我的名字叫真话精灵，简单明了。"

奴熙尽自己最大的努力挤出一个笑脸，试着不让自己显得很沮丧。她注意到，房间的角落里有一只棕色的小老鼠。

"你养了一只老鼠？"

真话精灵点了点头，解释说："那是玛塔。"

玛塔是米佳的曾曾曾曾曾孙女。米佳是圣诞老伯小时候的好朋友，当时圣诞老伯还只是一个名叫尼古拉斯的小男孩。米佳是尼古拉斯唯一的朋友，是它陪着他一路来到遥远的北方，最后又来到了妖精堡。玛塔和它的

曾曾曾曾曾祖父长得像极了，此刻它正在专心致志地啃一块肉桂蛋糕。

"你好，玛塔。"奴熙跟它打了声招呼。

玛塔无视了她。

"她平时挺喜欢妖精的，"真话精灵解释说，"看来她只是不喜欢你而已。"

奴熙告诉自己，千万别生气："你知道去年的巨怪袭击是怎么回事吗？"

真话精灵扭过头去看着窗外，目光穿过松树，越过山丘，一直看向巨怪山谷。

突然，她显得有些焦虑——她在试着说谎。

"噗……"她努力想说"不"。"噗噗噗……"她又试了几次。"噗噗噗噗噗噗……是的，我知道！"

真话精灵伸手抽了自己一记小耳光，不该说漏嘴的。

"告诉我，究竟是为什么？他们到底在生谁的气？"

真话精灵皱了皱眉，极力想要闭嘴，但最终还是脱口而出："他们被洗脑了！"

"洗脑？被谁？"

"被精灵。一些精灵。你知道有好多不同种类的精灵吧？"

"是的，"奴熙回答，"我知道几种，但不是每种都知道。"

真话精灵把所有的精灵一种一种解释给她听，希望这能阻止她继续发问。

原来，除了真话精灵之外，还有一个恐惧精灵，她独自住在高高的树屋里。因为她非常怕高，所以从不从树屋上下来。（可既然她那么怕高，一开始就不应该住在树屋里呀！没有人知道这是怎么一回事。）

还有一种精灵叫作会飞的故事精灵——这种精灵奴熙是知道的。她还知道，这种精灵居无定所，长着翅膀（不同于大多数精灵），在精灵家园、巨怪山谷和妖精堡之类的地方飞来飞去，到处散播故事。他们是所有精灵中体型最小的。"对了，还有一个谎话精灵，我一直不太喜欢那家伙。不过现在我又有点喜欢他了，他最会夸人。"尽管有这么多种精灵，但圣诞老伯真正的朋友只有真话精灵。因为真话精灵是你唯一可以信任的一种精灵。

"那么，你对去年平安夜发生的事情知道多少？"

"我不能说。我说得已经够多了……"她再一次脱口而出，眼泪都快流下来了。

"告诉我你都知道些什么。"奴熙继续逼问，两眼直直地盯着真话精灵精致的小脸。

真话精灵叹了口气。为了说谎她已经精疲力竭，她就是做不到嘛。

"是会飞的故事精灵干的。"

"什么？他们是怎么做到的？"

"这个，你知道巨怪都很蠢。他们个子大又爱生气，从来不会动脑子。精灵就正好相反啦。我们个子小，鬼点子多，每时每刻都在思考。比方说吧，我在说这个句子之前，脑子里就转过了三千四百八十二个想法。而会飞的故事精灵正好是最喜欢思考的精灵。这也就是为什么他们有翅膀：他们的脑子里塞满了各种各样的点子和幻想，都争先恐后地想飞出去，最后，他们真的就会飞了。还有,他们会侵入别人的大脑,还会……我们能不能聊点别的?聊聊玛塔怎么样?你看她,多可爱呀,她吃蛋糕屑的样子……"

可奴熙还没问完:"这跟去年平安夜的巨怪袭击有什么关系吗?"

真话精灵翻了个白眼:"呃,故事精灵错就错在他们总爱喋喋不休,我是说,自言自语……恰好被我听到了。他们说自己侵入了巨怪的大脑,说庆祝圣诞节是个坏主意。"

"为什么?"奴熙非常惊讶,手上唰唰地记着笔记,"他们对圣诞节有什么不满?"

真话精灵笑了。她喜欢这个问题,因为这回她总算可以真诚地回答:"我不知道。"

"会不会是有人指使他们去做的?"

"不知道。"精灵连珠炮似的说,"听着,阿缇舒,我得出去了。我要去见人,去玩鞭炮……"

"我的名字不叫阿缇舒,我叫奴熙。"

"管他呢。"

奴熙看了看表,时针很快就要指向"夜晚时分"了:"那今年呢? 有消息称妖精堡的地下又传出了动静,你觉得我们应该感到担忧吗?"

　　"我什么也没听到。"真话精灵说,这时候她已经相当沮丧了。她站起身朝奴熙走来,踮起脚尖,伸出一只手,狠狠地拧了一把奴熙的鼻子。虽然精灵的手指十分细小,但手劲儿可不小。

　　奴熙疼得眼泪在眼眶里打转,她忍不住叫了起来:"嗷! 你这是干什么?"

　　"对不起,我就是一直想拧一把妖精的鼻子,我也不知道为什么。你想玩鞭炮吗?"

　　"呃,不想,不过还是谢谢你,真话精灵。"奴熙说,"现在我要去巨怪山谷了,我会试着找一个会飞的故事精灵谈谈,看能不能问出点真话。"

　　"会飞的故事精灵才不会跟你说真话呢,他们对真话过敏。至于巨怪嘛,大概只会把你打成一块肉饼。"

　　奴熙再也不想跟真话精灵对话了,她急不可耐地想要离开这个小房子。

"好了，谢谢你，真话精灵。跟你聊天很有收获，再见。"

真话精灵用她尖细的嗓音大笑起来："这可不好说，谁知道你能不能活着回来！"

奴熙挤出一个礼貌的微笑，对真话精灵和她的老鼠说了声再见，然后弯腰出了门。她回到白雪皑皑的山坡，径直朝巨怪山谷走去。

一个名叫玛丽的女佣

"**济**贫院里没有圣诞节。"夏普太太对艾米莉亚说,"从早到晚只有工作,不准交头接耳。看看,看看这些女孩!她们从不讲话,你也给我学着点,一星期之后你要跟她们一样。沉默即是虔诚。"

"绝不。"艾米莉亚倔强地说。

"呵,等着瞧吧。我跟克利帕先生保证过,不会让你在这儿好过的。这都是为你的灵魂着想。"

那是发生在去年的事情。如今已经过了整整三百六十五天,艾米莉亚依然被困在济贫院里。这三百六十五天是她人生中最漫长、最痛苦的时光。对她来说,在这以前的日子似乎不像是真的,仿佛是另外一个人的人生,一个她在某本书上读到的故事。艾米莉亚疯狂地想念着妈妈和煤灰船长,她静静地祈祷,希望自己的眼里不要流出泪水。

这一年中，她一直在洗衣房为夏普太太工作。洗衣房里有许多成年女人和小女孩在工作，她们全都面无表情，仿佛已经是一具具没有生命的躯壳。她们机械地折叠衣服，在水池里洗衣服，用一个轧布的机器把衣服挤干。

洗衣房里没有一件轻松的活儿，其中最累人的就是转动轧布机。轧布机是一种用来挤干、轧平衣服的机器，把湿漉漉的衣服放进两个木质滚轮中间，然后用手推动一个沉重的钢轴，让机器转起来，衣服就被挤干轧平了。

那钢轴实在太重，艾米莉亚推得浑身酸痛。夏普太太总是站在她身后大吼大叫，发号施令。艾米莉亚不知道夏普太太到底是天生的坏蛋，还是被克利帕先生逼成这样的。

"快点，懒虫，我们都等你一个世纪了。"夏普太太总会这样说。然后克利帕先生会背着双手走进洗衣房，那气派活像一个帝王在巡视他的士兵，而不是一堆堆轧平的衣服。

"还不够，"他会说，"午饭后我要看到大大的进步。"

可是不管艾米莉亚多么努力地工作，尽她最大的努力去推钢轴，克利帕先生也永远都不满意。要是轧平的衣服不够多，他就连晚饭都不准她吃，逼她一直干到深夜。

艾米莉亚在济贫院里非常孤单，一个伙伴都没有。事实上，在克利帕先生的济贫院里，人人都是孤单的。恐惧就是问题所在——每个人都在害怕。但恐惧有什么用呢？艾米莉亚已经受够了怕这怕那的日子，现在的她非常愤怒。

一股怒气在她的胸腔里慢慢上升，就像烟囱里的热气。

她意识到，这个世界上的一切都是属于男人的，只有维多利亚女王除外。艾米莉亚愤怒地想，一个女人只有头戴皇冠才能不受欺负，因为这个世界就是被男人统治的。没错，那些残忍又愚蠢的男人。他们从来都不会，也不屑去关心一个十岁女孩的希望。比如普莱警官，比如克利帕先生。这些男人自以为在做好事，实际上都在做坏事。就连圣诞老伯也一样。对，尤其是他。圣诞老伯曾经让孩子们相信世界上有魔法，可人生中根本就没有魔法。还有什么能比在一个绝望的世界里给人希望更残忍的事情呢？圣诞老伯才不会在乎这些，他出现了一次就再也没出现了。不，根本没有人会在乎。没有人在乎她是不是饿到快要昏厥。每次当她和别的女工一起站在餐厅里（男孩子们在另外一个地方吃饭），看着餐厅女佣盛给她的一碗馊粥时，她就什么胃口也没有了。

只有一个女孩，艾米丽，曾经在集体宿舍里跟她小声说过几句话。不过她在刚满十六岁的那天就离开了济贫院，当时艾米莉亚才刚来两个星期。"记得去要玛丽盛的粥。就是那个胖胖的、把头发盘成一个发髻的女佣。"这是在艾米莉亚到

达济贫院的第二个晚上，艾米丽悄悄告诉她的。

第二天，艾米莉亚到餐厅排队领粥，看着厨房女佣们一个个拿着汤勺，把一勺勺散发着馊味的灰色液体舀进女工们破破烂烂的锡碗里。她一眼就认出了玛丽，因为她是唯一一个面带微笑的女佣。她长着一张圆圆的、玫瑰色的脸蛋，看起来就像一个变成了人类的苹果。

艾米莉亚向玛丽走去，把自己的碗递给她。

"你好呀，亲爱的。你是新来的，对吗？"

艾米莉亚点点头。玛丽看出了艾米莉亚脸上的悲伤。

"好好照顾自己，知道吗？"

"谢谢。"艾米莉亚咕哝了一声。坐下来喝粥的时候，她发现，馊粥加了糖，确实没那么倒胃口了。于是她抬头寻找玛丽的脸：它是那么亲切，那么温暖，在她的内心点燃了一点点希望的火花，就像黑暗的夜空中一颗孤独的星星。

在过去的一年中，玛丽每天都会悄悄地对艾米莉亚说一些她自己的故事，为济贫院的苦闷生活加上一勺糖。玛丽从济贫院开办的那天起就一直在这里。那时候克利帕先生需要召集五百个人才能获得执照，于是他在伦敦的大街小巷到处寻找流浪汉。他在塔桥旁的一条长椅上发现了玛丽，当时玛丽正在睡觉，身边围了一群鸽子。他许诺让她吃饱穿暖，过上好日子，但最终一样也没有实现。玛丽曾经有机会离开济贫院，但她拒绝了。她对艾米莉亚说，之所以选择留下来，是因为"我想继续给你们的粥里加糖，让你们这些小孩的日子稍微好过一点"。

不过，就算有了这样一点点的慰藉，艾米莉亚在济贫院的日子依然没有一分钟不梦想着一件事情：

逃跑。

她梦想着有一天能离开这个可怕的地方，和煤灰船长团聚，一起跑到乡下去，或者随便什么地方，只要逃出克利帕济贫院就好。每一天，每一分钟，她都在等待，就像一只狩猎的猫咪，一旦合适的时机出现，就会毫不犹豫地发动攻击。

为圣诞老伯欢呼四次！

玩具工厂里，圣诞老伯站在妖精们面前，无限空间袋就放在他的身边。许多妖精站在桌子上，还有一些则抓着自己在这一年里做的最后一个玩具，做好了把它们扔进袋子里的准备。

"妖精们，你们应该为自己感到骄傲！"圣诞老伯大声说，时不时扫一眼大厅后面的大钟。

大家一齐欢呼鼓掌。做泡泡机的巴比特吹起了泡泡，做哨子的温蒂吹起了哨子，做整人玩具的酒窝跳到一个放屁坐垫上，编笑话的贝拉哈哈大笑，种小蜜橘的克莱芒蒂娜甩着一头橘色的头发，兴奋得昏了过去。

"呵，呵，呵。"圣诞老伯大笑起来。

"我们更为你感到骄傲。"哼哼说着，把自己的酒杯举到鼻子那么高。人人都知道哼哼不喜欢在大家面前讲话，此刻，他的脸红得就像圣诞老伯的外套。他极力想说出什么有趣、幽默或者感人的话来，但就是找不到准确的词语，尤其是适合这种场合的词语。终于，他憋出来一句："为圣、圣、圣、圣诞老伯欢呼三次！"

妖精们欢呼了四次，因为在妖精的世界里，凡事要加一才代表好运。

圣诞老伯说："就连地底下都是静悄悄的，一切都按计划进行。"

就在圣诞老伯讲话的时候，门外传来一阵"叮叮咚咚"的声音。

托普老伯刚刚一直站在圣诞老伯身边，这时闻声前去开门。原来是妖精孩子们。他们在老师洛卡大娘的带领下，从幼儿园浩浩荡荡地来到玩具工厂。

圣诞老伯大笑起来，孩子们总能让他格外开心："呵，呵，呵。你们好哇，孩子们！快进来吧！这儿有好多好多剩下的玩具，随便挑！"

孩子们身穿五颜六色的袍子，小脸上洋溢着喜气洋洋的笑容，踩着小木屐"踢踢踏踏"地跑进大厅。大家都开心极了，唯独哼哼慌了神。托普老伯发现他神色不对劲，一下就意识到是哪里出了问题。他在洛卡大娘耳边低声问道："小米姆去哪儿了？"

洛卡大娘笑着说："就在这儿呢。"

"好极了。"托普老伯放心了。但放眼望去，一百七十二个妖精孩子都在这儿，偏偏就是没有小米姆。

洛卡大娘倒吸一口冷气，意识到小米姆真的不见了。

哼哼彻底慌了。

托普老伯看看手表，现在是"白天即将过去"的时刻。哼哼已经冲出门外，想跑回去看看儿子在不在家里。

圣诞老伯在一旁看着，却没有听到他们在说什么。

"发生什么事了吗，托普老伯？"

"没事，没事，没、没、没、没问题。已经到了'白天即将过去'，赶快带上你的无限空间袋去驯鹿场吧。"托普老伯挤出一个笑容，努力不让人察觉出异常，"快去吧，全世界都在等着你呢。"

新雪橇

驯鹿场的正中央放着一个巨大的包裹，旁边站着奇普和碧比。紫色头发的碧比是玩具工厂礼物包装组的组长，她今年的最后一项任务就是把这份送给圣诞老伯的礼物包装好。碧比的头上扎着蝴蝶结，腰间系着一条丝带，整个人看上去就像一个大礼物。她一脸兴奋地冲着圣诞老伯咧嘴微笑。

这礼物包得可真漂亮，圣诞老伯一边这样想着，一边穿过雪地。闪光纸上点缀着银色的星星，中间用丝带打了一个鲜红的蝴蝶结，就连驯鹿们看了都感到十分惊喜。

一大群妖精兴致勃勃地围了上来，每个人都穿着自己最喜欢的袍子，这些袍子大多是鲜艳的绿色或者红色的，只有沃多老伯穿着黑袍子。奇普穿了一件灰色的袍子，胸前绣着一行字："千万别吃黄色的雪。"

"哎呀，真没想到我也有礼物。"圣诞老伯笑了起来，豪迈地撕开包装纸。纸片在空中飘散，妖精们欢呼起来。

礼物出现在大家面前：

一个崭新的雪橇。

"这真是太漂亮了！"圣诞老伯吃惊地叫了起来。雪橇确实漂亮极了，它通体鲜红，银色的滑行器线条流畅，实木内饰抛光完美。新雪橇比旧雪橇大了整整一倍，仪表盘上也多出许多新奇的小装置和刻度盘。

圣诞老伯兴奋地爬上雪橇，一屁股坐到豪华的皮

椅子上。

"实在是棒极了。"

奇普用他低低的嗓音为圣诞老伯介绍了所有的装置:"这是指南针,那是高度仪,显示你达到的高度,后面那个是推进器……"

圣诞老伯注意到一个奇怪的弧形装置,用一根电线和雪橇主体连在一起。

"那是电话机。"奇普说,"你在空中的时候也能用它跟玩具工厂总部通话,是我的新发明。"

"电话机?"

"没错。其实我一开始叫它妖精通话机,但大家总是说不对,索性就叫电话机了。你觉得这名字怎么样?"

(读者们,我知道你们一定觉得很奇怪。你们心里准在想,等等,这个故事发生在一八四一年,可电话机明明是在一八四九年由一个名叫安东尼奥·梅乌奇的意大利人发明的,后来被亚历山大·贝尔注册了专利。你们不知道的是,安东尼奥和亚历山大的电话机都是圣诞老伯送给他们的礼物,而世界上第一台电话机的发明者其实是一个名不见经传的灰袍妖精。）

"电话机！"圣诞老伯叫起来，"太了不起了！"

接着，他看到了最神奇的一样东西——木质的仪表盘上有一个玻璃做的半球体，绿色、紫色、粉色的光在里面像云朵般缓慢缭绕，如同翩翩起舞的美丽幽灵。

"哇！"圣诞老伯忍不住惊呼，"你把希望刻度表装到了雪橇上！干得好，奇普，真是太棒了！谢谢你，谢谢你送我这么棒的圣诞礼物！"

他突然想到，这样一个新雪橇一定很适合出现在《每日雪情》的新闻里，于是想找奴熙说说。通常奴熙这会儿都会在驯鹿场，但他找了半天也没发现她的踪影。兴奋的人群里没有奴熙。

就连沃多老伯都在微笑。

"沃多老伯，你看见奴熙了吗？"

沃多老伯紧张地挠挠头："我让她放了一天假。"

"是这样啊。"圣诞老伯说着，隐隐约约觉得有点不对劲。

但他看着那闪闪发亮的新雪橇、八头健壮的驯鹿和快乐的人群，很快又高兴了起来。他深吸一口气，大声说："今年咱们要把去年的遗憾都补上，这将是有史以来最棒的一个圣诞节！"

人群中爆发出热烈的掌声。

咬了一口

那天下午，艾米莉亚在昏暗的洗衣房里推着轧布机，回想起去年圣诞节的情景：妈妈去世了，圣诞老伯没有来，所有的希望都破灭了，还有煤灰船长那声绝望的告别。这一切在她的脑海中一圈一圈地盘旋，就像轧布机的钢轴般不停地转动。

夏普太太起身拖了拖椅子，打断了艾米莉亚的思绪。她重重地把门甩上，离开了洗衣房。

别的女工都忙着往巨大的洗衣缸里装热水。这是个好机会，艾米莉亚想。在洗衣房里浓重的水雾的掩护下，她偷偷溜了出去。在走廊里，人们的说话声和脚步声清晰可闻。她冲进第一个空着的房间，悄悄把门关了起来。窗户非常高，她必须站在椅子上才够得到。她打开生锈的窗闩，用尽全力想把那沉重的窗户打开。她脑子里一片空白，清楚地知道这压根儿算不上什么计划。从济贫院的大换岗室溜出去会更有希望，但她根本不可能在不被人发现的情况下跑到那个房间。由于一直在推轧布机，她的两条手臂已经酸痛不已，一点力气都没有。她推呀推，推呀推，窗户纹丝不动。

突然，有人发出"噢"的一声，紧接着传来一句："你到底在干什么？"

是克利帕先生。他把手杖往地上狠狠地一摔，一个箭步冲到她面前。

"放开我，你这讨厌的坏蛋！"艾米莉亚尖叫起来。

克利帕先生把一只瘦骨嶙峋的长手伸到她面前，一下就把窗户给锁上了。

艾米莉亚想也没想，本能地做了一件事。

很危险。

也很愚蠢。

但她十分确定，煤灰船长一定会赞成她这么做的。

她咬了他一口。

没错，艾米莉亚咬住了克利帕先生的手，用尽全力，把牙齿狠狠地嵌进他的皮肉。她的手臂虽然软绵绵的，

但牙齿十分有力。

"啊啊啊啊啊啊啊啊啊啊啊啊！"克利帕先生哀号起来，"你这个畜生！快来人，把这小杂种给我弄走！"

没过一会儿，夏普太太就冲了进来，把艾米利亚从克利帕先生身上拉开。克利帕先生盯着自己手上鲜红的咬痕，恶狠狠地对艾米莉亚说："十二个月了，她还是这么野！还是去年那个踢我的坏东西！跟你那个蠢爹一模一样！"

"你怎么会认识我爸爸？"

"我从小就认识他。我们在同一条街上长大。他是个暴力狂……他觉得做这种事，"他指着自己破损的鹰钩鼻，"就跟站在猫的尾巴上一样好玩！"

艾米莉亚笑了起来，她就知道爸爸是个英雄。

"你跟他一样蠢！把她给我带到楼下去！去地下室！把她关在禁闭室里，说什么也不准放出来！"

于是，艾米莉亚被夏普太太拖下了楼梯，关进一间空荡荡的房间。那里只有一张床、一个尿壶和一个小小的铁窗。她坐在冰冷的石头地板上，任由眼泪像雨水般哗哗流淌，感觉到身体里最后的一丝希望在慢慢抽离。

　　这个曾经最充满希望的孩子如今什么也没有了。

就在这一刻，妖精堡南边的天空中，北极光也突然黯淡了一分。

紧急迫降

圣诞老伯乘着雪橇飞上天空，迎着寒冷的夜风快速前进——跟去年比起来，这已经是个奇迹了。他心想，今年之所以如此顺利，一定是因为巨怪们没有再来捣乱。他微笑着看着下面的世界，还有面前的驯鹿屁股。但有一点他必须承认，雪橇上的希望刻度表并不像期望中那样闪亮。

"你看见前面的光了吗，布利赞？你呢，多纳？大家都看见了吗？"

布利赞点点头，坚定地目视前方。

没错，就在那儿。空气里弥漫着淡绿色和淡紫色的光，像纱帘般随风飘舞。

"冲啊，驯鹿们！"圣诞老伯激动地指挥着他的驯鹿，"冲进光里面去吧……这可真令人热血沸腾！"

当他们一齐穿过那光芒的时候，圣诞老伯感到随着魔法而来的一阵狂喜，全身都忍不住震颤起来。他的眼前除了绿色和紫色的光芒（"光芒"在他最喜欢的词语中排列第三，仅次于"魔法"和"巧克力"）之外什么也没有。他感到那么温暖，那么快乐，那么自信，觉得自己无所不能，甚至能把时间停住。

他明白，能不能停住时间就看这一次了。彩色的光芒环绕四周，他低头看了看雪橇上的时钟——"夜晚的开始"刚过几分钟。然后他按下了时钟正中央一个小小的按钮。按钮上印着两个字："停止"。

紧接着，圣诞老伯眼看着时钟的分针停了下来，不再转动。

"乖乖停在那儿别动。"圣诞老伯对分针说。

雪花就这样静静地停在空中。他们与一只黑白相间的大鸟擦身而过，它也停在高空中一动不动，双翅大张。那是一只北极鹅，它静止在了时间里。只要圣诞老伯把所有的礼物都送出去，这只鹅就会和全世界一道，再次活动起来，仿佛什么也没有发生过。鸟儿会继续飞翔，雪花会继续飘落，孩子们会从睡梦中醒来，在床头的长袜里找到送给他们的礼物。人们的心中会重新燃起希望。

他说出了第一个孩子的名字。那是他拜访过的第一个孩子。

"艾米莉亚·威沙特。"两年前，这个女孩给他寄来一封信。去年十二月，这封信飞到了空中，落在大山的南麓。根据捕信人皮普的说法，没有一封信能飞过山坡。从那以后，这封信就一直放在圣诞老伯的口袋里。

指南针的指针转了个角度，指向西南方。圣诞老

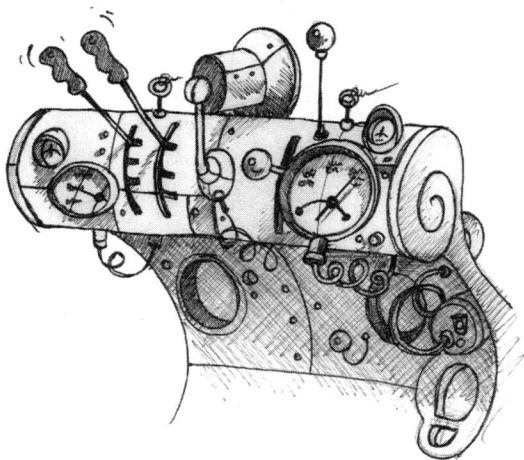

伯知道,这是在提醒他该转向了。他右手用力一拽缰绳,推进器发出强烈的红光。加速器的指针指向"非常非常快",高度仪的读数显示"抵达云层",圣诞老伯和他的驯鹿们一起急速飞翔,跨越一千九百八十二英里,朝着伦敦飞去。

"呵,呵,呵!"圣诞老伯满心欢喜,自顾自地大笑起来。他飞过芬兰,飞过瑞典,飞过丹麦,飞过那一座座他即将一一拜访的房子,哦,不对,是在同一个时间拜访。他下定决心要从伦敦开始,从艾米莉亚开始,因为他觉得那代表着好运。还有,因为她写了那封信给他——多么重要的一封信啊。他必须试着让这个女孩过一个最开心的圣诞节。在空中飞翔的时候,他决定跟驯鹿们聊聊天。要知道,他还写过一本名叫《驯鹿私语者》的畅销书呢!

"我给你们讲个笑话听,怎么样?"

驯鹿们跑得更快了,仿佛迫不及待地想要逃离圣诞老伯的笑话。但圣诞老伯没有领会他们的意思。

"听着……世界上最棒的礼物是什么?有人知道

吗？没有？哈，是破鼓。因为没人能打（败）它！听懂了吗？破鼓！呵，呵，呵！"

他往下一看，下面是茫茫的大海。

"你好啊，大海！"他大声嚷嚷，接着突然笑了起来，似乎是又想到了一个笑话，"大海没有回音，它只会放弃①……懂了吗？只会放弃，因为有海浪。太好笑了，是不是？"

驯鹿们什么也没说。

"再来一个笑话怎么样？我还有好多好多呢。你们有没有听过一个精灵的故事，他把头卡在了一个妖精的……"

圣诞老伯停了下来。四周一切如常。雪橇依旧在飞速滑行，驯鹿们依旧在空中飞奔，他依旧快乐得不得了了。

但是。

但是，但是，但是，但是。

---

① 原文为 wave，意为"起浪"，与意为"放弃"的 waive 同音，在这里起到双关的效果。——译者注

希望刻度表出了点问题。他先是用手指轻轻叩击，随后用力拍打，却一点用都没有——光芒越来越弱。

"我的老天，"圣诞老伯叫了起来，"又来了。"

高度仪读数已经降到了"云层以下"。

圣诞老伯对他的驯鹿们大喊："再高一点！伦敦还远着呢！"

驯鹿们努力地蹬腿，用尽全力想要上升，但似乎没有什么效果。

"布利赞？你很累吗？布利赞，听着，如果你觉得太累了，飞不上去，就抬起你的头。"

布利赞高高昂起头。

圣诞老伯抓起那个名叫电话机的东西，对着里面说话："有人吗？"

托普老伯的声音从里面传来。

"噢，你好，托普老伯。我只是想知道，妖精堡一切都还好吗？"

托普老伯在电话的另一端清清嗓子："还好？对，

对，一切都好。你为什么这么问？"

"我的驯鹿出了点问题。我们似乎没法飞到足够的高度，希望刻度表也有点……呃，不那么充满希望。"圣诞老伯很清楚，希望刻度表黯淡意味着两件事情：不是人类世界出了问题，就是妖精堡出了问题，或者两边都出了问题。

托普老伯迟疑地咳嗽了一声："一切都好，圣诞老伯。别担心，继续飞吧。"

这时候，圣诞老伯看见前方出现了伦敦昏暗的夜灯。"没问题，托普老伯。"圣诞老伯说着，雪橇又下降了一点。

托普老伯叮嘱他："一定要小心啊。"

圣诞老伯探头往下看，他忘了伦敦有多大。在月光的照耀下，那些房子似乎无穷无尽，泰晤士河在中间弯弯曲曲地流淌。他感到尾部一抽，有种痒痒的感觉，只见驯鹿们又开始挣扎着防止自己往下掉。

"我们还没到海博达榭利街呢！"

布利赞扭过头，绝望地看了圣诞老伯一眼。

"噢，我的驯鹿们！加油啊！你们能行！保持高度！"

他看向高度仪，读数显示"低得吓人，但你会没事的"。过了几秒，读数变成了"不，事实上真的太低了，你最好注意！"

圣诞老伯急切地寻找任何可以降落的地方：必须就在附近，要平坦、开阔、远离人烟——最好是一个屋顶。但哪有这么大的屋顶？

哈，出现了。他看见了这辈子见过的最大的房子。它有一百扇窗户，每一扇都又高又亮，十分整齐，就像放哨的士兵。说到士兵，门口真的有士兵在放哨。他们一个个都戴着高高的黑色熊皮帽。这房子可真大，比玩具工厂还大，比芬兰的任何一座房子都要大。这是个完美的降落地点。

"好啦，驯鹿们，"圣诞老伯高声大喊，"准备降落！

多纳、布利赞，看见那屋顶了吗？那就是咱们的目标。别减速！"

但他们还是慢了下来，就连雪橇都发生了倾斜。突然，圣诞老伯发现有点不对劲。戴高帽的士兵们齐刷刷面朝他们，举起手枪瞄准了雪橇。

"砰！"

一声枪响。一枚子弹呼啸而过。

"砰！"

又一声枪响，雪橇的一侧被打出一个洞。"不，不，不！"这实在不是一件好事。首先，圣诞老伯并不希望自己或驯鹿们受伤。其次，既然士兵们在移动，还能开枪，就意味着时间正在前进。

没错，看哪，整个伦敦都动了起来。马啊，马车啊，还有上教堂做晚祷的人们，全都在移动。

圣诞老伯看了一眼雪橇上的时钟，时针依然停留在"夜晚的开始"，但分针已经"嘀嗒嘀嗒"地转动起来。

他猛按"停止"按钮，但无济于事。希望刻度表如今只剩下了一个空空的玻璃壳。

"呃哦。"他咕哝一声，雪橇开始飞速下坠。

他看到了原本准备降落的屋顶。但它太高了，他们飞不上去。他们需要更多的魔法。

"叮叮当，"他唱了起来，"叮叮当，铃儿响叮当。"

"砰！"

一枚子弹打穿了圣诞老伯的大袋子，巧克力币撒了出来，仿佛一场金子雨。

"哦，这可真好玩……"

圣诞老伯闭上眼睛，准备好迎接撞击。

"哗啦啦！"

幸运的是，驯鹿的蹄子正好踏在一扇巨大的窗户上，没有撞上石头墙壁。木头窗框和玻璃窗被撞得粉碎，碎片在他们面前炸开。

圣诞老伯在驯鹿们身后飞速冲进窗户，"嗷！"他大叫一声，忍不住骂了一句精灵语言中最难听的脏话，"烂泥蘑菇！"

"噼里啪啦！"

驯鹿们冲进一个长长的大房间，在地板上一路失

控地滑行。终于，它们在一块毛茸茸的花纹地毯上停了下来，四仰八叉地摞成一团。圣诞老伯则被高高地甩在半空中，撞到墙壁，然后重重地摔在地板上。一张桌子上一个巨大的花瓶开始摇摇晃晃，摇摇晃晃，终于摔了下来，"扑通"一声砸到圣诞老伯的脑袋上，然后摔在地上，碎成了一千片。

一个尖叫声响了起来，但不是圣诞老伯的声音。

一位贵客

"**艾**伯特！"一个声音大叫起来。那是一个年轻的女人，她身穿一件长长的白色睡袍，坐在一张非常华丽的四柱大床上。房间里铺着圣诞老伯踩过的最奢华、最柔软的毛毯（哦，对了，他真的踩过无数的毛毯）。她正在读一本类似杂志的东西。圣诞老伯对这个年轻女人在读些什么没有一点兴趣，他感兴趣的是她头上戴着的东西。

那是一顶皇冠。

黄金做的，嵌满珠宝，闪闪发亮。

她正戴着这样一顶皇冠端坐在床上。

是维多利亚女王。

英国的女王。世界上最强大的女性。而他竟然驾着雪橇闯进了她的卧室。

"艾——伯——特——"作为一个小个子的女士，

她的嗓门算是很大的了，"把侍卫叫来，带上你的枪！有人入侵！一个肥胖的大胡子法国人骑着一群会飞的恶魔马闯进了皇家卧室！一级戒备！"

"抱歉，他们是驯鹿。而我，呃，也不是法国人。"

门口出现了一个瘦高个儿的男人，他长着一张娃娃脸，两撇稀稀拉拉的小胡子仿佛是棉花做的。他穿着一身条纹睡衣走进房间，手里拿着一把来复枪。他端起枪，指着圣诞老伯。

"没事了，我的小羊羔，有、有、有我在呢。"

"给我打爆他的脑袋，艾伯特！拿出男子汉的样子！"

圣诞老伯注意到，艾伯特的手在发抖，他手里的枪也在发抖。

"听着，"圣诞老伯说，"很抱歉我们把这儿弄得一团糟，我会收拾好的。"

"噢，别担心这个，"艾伯特说，"仆人会收拾的。"

维多利亚女王怒气冲冲地瞪着艾伯特："艾伯特！你在说什么？为什么你在这种时候还要表现得这么、

这么……绅士？"

"我本来就是个绅士嘛，亲爱的。"

"可他是个入侵者！很有可能是法国人！"

"确切地说，我是芬兰人，有那么一丁点儿的妖精血统，不过那是后来的事了。"圣诞老伯好心地解释道。

维多利亚女王瞪着丈夫，脸颊气得通红："都怪你，就知道在那棵挪威运来的破树上挂些漂亮的小玩意儿，这个长毛怪物都骑着恶魔马飞进来准备绑架我了！"

这话刺痛了圣诞老伯，尽管他爸爸曾经参与绑架了一只精灵，但不代表他也是绑匪："我没想要绑架谁。"

就在这种危急时刻，布利赞决定上个厕所。在厚厚的毛毯上，"扑通"，一坨棕色的驯鹿粪便落了下来，冒着热气。

"嗷，不，"女王哀号起来，"一匹恶魔马竟然在我的皇家地毯上拉臭臭！"

圣诞老伯看着布利赞，叹了口气："非常抱歉。"

"枪毙他，艾伯特。枪毙这个长毛怪，还有他那些邪恶的恶魔马！"

艾伯特握着来复枪的手簌簌发抖："好的，好的，我这就开枪。我可以的……我真的可以吗？"

"你当然可以，我的小南瓜。"女王的口气软了下来，"加油，我亲爱的德国王子，照着他那圆滚滚的大肚子开枪吧。啊不，子弹会弹开的。给我瞄准他的脸！"

"这不太好吧，你知道，在这里杀人？"

维多利亚女王又气急败坏起来："看来还是得莱赞女爵出马……女爵！女爵！"

艾伯特亲王翻了个白眼："又是那个母夜叉！"

不一会儿，一个体型硕大的老妇人出现在门口——她长着宽阔的肩膀，粗壮的手臂，毛茸茸的下巴，身穿一条长长的黑裙子，嘴里仿佛正在咀嚼一只马蜂。

"粗了森么似，殿下？"她操着一口德国口音，问道。

"有人入侵我的卧室，给我枪毙他。艾伯特！把枪给女爵。"

可是女爵根本不需要枪。她径直走向圣诞老伯，揪住他的鼻子，狠狠地一拧，然后向前一推。圣诞老伯这辈子都没这么疼过。他捂住自己的鼻子，背朝下地摔倒在地上。

女爵扭头对女王说："很多年前，我还不似您的家庭女教斯的时候，我在街上跟人打架，那些人都叫我'汉诺威的恐惧'。"

这话没错，当这个女人凑近他的时候，圣诞老伯的确感到了极大的恐惧。她一手抓住他的红袍子，一手抓住他的红裤子，把他举过头顶，开始原地转圈。艾伯特伸手捂住了眼睛。

"给我砸死他，女爵！"维多利亚女王欢呼起来，兴奋地直拍手，"把他扔出去！"

驯鹿被吓呆了。只见莱赞女爵像个陀螺似的越转越快，越转越快，越转越快。终于，伴随着一声怒吼，她迅速地松开了手。圣诞老伯又被甩到了空中——这已经是今天晚上的第二次了——从他进来的那个窗户飞了出去。

"再见，你这绑架人的法国猪猡！"她大吼一声，吼声中夹杂着猪一般的呼噜声。

冲锋者上场！

圣诞老伯在空中划过一道弧线，像个葡萄干布丁似的直直往下坠，眼看着就要摔到地上了。等等，他身后还跟着一条影子！是冲锋者！驯鹿中跑得最快的一只！

它上前一个俯冲，垫在圣诞老伯身下——差一点点就来不及了。

"砰！"

士兵们再次朝他们开枪。冲锋者只好载着圣诞老伯原路返回。圣诞老伯还没站稳，就看见维多利亚女王握着那柄大大的来复枪，枪口正对着他的脸。

"它们是怎么做到的？"她开口问。

圣诞老伯盯着枪口问："什么？"

"这些恶魔马，它们为什么会飞？"

圣诞老伯一点都不喜欢她管驯鹿们叫"恶魔马"，

因为驯鹿是一种敏感的生物，尤其是跳跳，它们讨厌被骂。

"它们是驯鹿，跟恶魔和马没有半点关系。它们是一种特殊的生物，之所以会飞是因为魔法。而空气中之所以有魔法，是因为今天是平安夜。不过今天魔法不太够，飞行出了点问题，所以我们才闯进了你的房间……"

"你到底是谁？"

"我是圣诞老伯！"

"圣诞老伯？谁？从来没听过。"

"我听说过，小甜心。"艾伯特小心翼翼地开口，仿佛他说的每个字都是陶瓷做的，"我听亨里克说过他。你认识亨里克吧？就是我的挪威朋友，那棵树就是他送给我的。圣诞老伯就是那个在平安夜给全世界的孩子送礼物的人，不过那是好几年前的事了。"

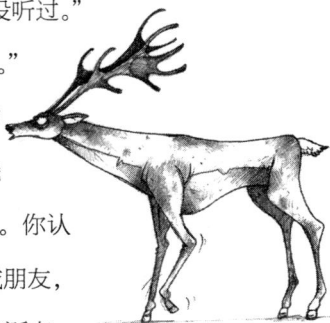

"噢，想起来了。竟然有人做这种事情，偷偷摸摸

地爬进别人的卧室。"

圣诞老伯摇摇头："我从不做任何偷偷摸摸的事情。你看，我会把时间停住。嗯，差不多就是这个意思。我用魔法带给人们希望，然后希望又会反过来创造魔法。"

这番话让维多利亚女王很生气。她那张生气的脸可以说是人类历史上所有生气的脸中最生气的一张。

"所以你就胆敢闯进白金汉宫？我们才刚搬进来，你看看你都干了些什么！"

艾伯特亲王举起一只手。

"说吧。"女王说。

"我只想指出一点：我们还有一百五十二间卧室呢，小羽毛。"

"这有什么关系吗？女爵，赏他一耳光！"

女爵给可怜的艾伯特亲王脸上来了一记清脆的耳光。

"这是个意外。"圣诞老伯解释道，"我非常抱歉。"

这时候，两个士兵也从外面赶来，爬楼梯爬得上气不接下气："为您效劳，殿下！"

女王朝士兵们点点头，又问了圣诞老伯一个问题："你知道你在跟谁讲话吗？"

"是的，您是英国女王。"

"没错。"女王骄傲地说，"更确切地说是大不列颠及爱尔兰联合王国国王，大英帝国领袖。这个世界大部分都属于我，所以你也可以说我是全世界最重要的人物。"

"要处死入侵者吗？"士兵问道。

"我觉得杀死圣诞老伯是不对的。"艾伯特说。

"闭嘴，艾伯特。"维多利亚女王怒喝，然后皱着眉头盯着圣诞老伯看，"你怎么证明自己就是圣诞老伯？"

"驯鹿们会飞，这就证明了魔法的存在。"

"这确实有点奇怪。"维多利亚女王说，"但很多东西都很奇怪。比如鱼，还有肚脐眼，还有穷人。看来我们不应该枪毙你。"

圣诞老伯如释重负："噢，太感谢您了，这下我总算放心了。"

"不，我决定绞死你。"

圣诞老伯倒吸一口冷气。他必须想个法子出来。于是他闭上双眼，陷入沉思，进入一种类似做梦的状态。

在梦境中，他看见了一个不开心的八岁小女孩，她看起来像极了维多利亚女王。她待在一间非常可爱的房间里，里面满是各种漂亮的玩具，有木马、陀螺、茶具，还有一百个洋娃娃。但她正在被人训斥，被一个盘着头发的女人训斥——那是年轻一点的莱赞女爵。

"我要妈咪，"女孩哭着哀求她的家庭女教师，"妈咪在哪儿？"

"你太淘气了，维多利亚！"女爵大吼，"我必须把你训练成一个淑女！有朝一日你可能会当上女王！"

"我一点都不想当女王！"

"不准说这种话，否则你就别想得到圣诞礼物。"

"我最想要的圣诞礼物就是不当女王，永远，永远，永远都不要！"

圣诞老伯睁开了眼睛，把刚刚在梦中听到的话原封不动地复述了出来："当你还是个小女孩的时候，你

最想要的圣诞礼物就是不当女王，永远，永远，永远
都不要。"

维多利亚女王突然显得十分伤心，非常，非常，
非常地伤心。

"你是怎么知道的？"

"因为我是圣诞老伯啊。"

她放下枪，无力地挥挥手，示意侍卫和莱赞女爵
退下。等到最后一个侍卫离开房间时，她似乎已经陷
入回忆之中。布利赞开始啃那块时髦的地毯。

"我小时候一点也不开心，你知道吗？人人都对我
有很高的期望，因为我总有一天要当上女王。当每个
人都要求你变成一个重要的人的时候，那种压力，你
懂吗？"

圣诞老伯明白那种感受。

"当然，"圣诞老伯说，"是的，我懂。"

"我有好多好多的玩具，但没有一样是有魔法的。"

圣诞老伯觉得自己有义务让她开心起来，于是唱
起了《铃儿响叮当》。

"你在干什么？"女王不解地问道。

"唱《铃儿响叮当》。"

"为什么？"

"让你开心起来啊。"

维多利亚女王"扑哧"笑出了声。

艾伯特一脸担忧："亲爱的，一匹恶魔马在吃我们的地毯。"

"它才不是什么恶魔马，"女王说，"它是一头驯鹿。"

接着，她对圣诞老伯微笑起来。圣诞老伯也对着她微笑。

皇家特许令

维多利亚女王感到非常非常抱歉，她向圣诞老伯道了歉。

"把魔法传递给孩子们，这是一件多棒的事情啊。"她说。

"问题就在于，"圣诞老伯说，"魔法不太够了。"打碎的玻璃和随风飘动的窗帘证实了他的说法。"去年，空气里一点魔法都没有，所以根本没法过圣诞节。今年我们必须补上……我小时候什么礼物也没有，"圣诞老伯叹了口气，"好吧，只有一个萝卜娃娃，还有一个雪橇。但跟这相比可差远了。"

他指着大大的红色雪橇说道，然后发现希望刻度表里出现了一点微弱的亮光。

维多利亚女王接着说："我真希望自己能早点相信魔法，明白有些事情是人类无法解释的，相信一些神秘的东西，这会让一切都变得更好。你看，我的人生中没有任何神秘的东西，从来都没有。我做的一切都是事先安排好的，就像伦敦的雾一样沉闷。"

维多利亚女王穿着睡衣优雅地穿过房间，走到一张栗色的小古董桌前坐下，写了一张字条。随后，她选了一枚木头印章，在字条上盖了一个红色的章。虽然有点模糊，但还是看得出来那是一个皇冠的图案。

"这是皇家特许令。"她骄傲地说。

"拿着。要是你遇到了什么麻烦，就把这个给他们看。只要看到这张字条，无论是谁都会知道是我亲笔写的。"

圣诞老伯看了看字条，那是一封非常短的信，上面是这样写的：

"无论你是谁，都请善待这个男人。你忠诚的，维多利亚女王。"

圣诞老伯感到肚子里传来一阵暖意。

"谢谢你，有一个身居高位的朋友可真不错。"

她对他笑了笑："我也这么觉得。"

"你想要什么圣诞礼物呢？"他问道。

Dear Whoever You Are
Be nice to this man.

Yours faithfully

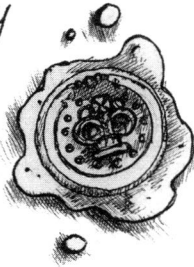

Queen Victoria

维多利亚女王思考了好一会儿，说："我想要印度。"

"印度？"圣诞老伯惊讶地说，"我觉得，印度有点太大了。这个……把一个国家作为礼物似乎不太好。"

"好吧，印度总有一天会是我的，我向你保证。至于现在嘛，来个茶壶也不错。"

"让我找找看。"圣诞老伯回答。

他打开无限空间袋，伸了一只手臂进去，心里想着那只准备送给女王的茶壶——白色的，印着美丽的蓝色柳树花纹——很快，他就感觉到一只光滑、清凉的茶壶柄抵着他的手掌。他小心翼翼地把它拎了出来。

"哈！"维多利亚女王高兴地叫道，"这不就是我想要的吗！"

圣诞老伯点点头。"我还有好多好多的礼物要去

送。"他一边说，一边爬上雪橇，把缰绳攥在手里。

"可要是你再摔一次可怎么办？"女王看起来有点担忧地说。

圣诞老伯发现，希望刻度表里出现了一点点亮光，也许与女王的这次会面足够让雪橇升空了。圣诞老伯急切地按下了时钟的"停止"按钮，成功了。

或者说，差不多成功了。

维多利亚女王的动作停了下来，就像墙壁上的油画般静止，但马上又动了起来，不过相当缓慢。

"好啦，我的驯鹿们，时间放慢了，但没有完全停止。我们必须立刻上路，希望我们能足够快，他们又足够慢，这样就没有人能看见我们在空中啦。"

驯鹿们立刻奔跑起来，冲出破碎的窗户，冲进伦敦的夜空。尽管有点颠簸，但总算是成功了。它们拉着雪橇安全地飞过伦敦的房屋，还有圣保罗大教堂洋葱般的穹顶，与一群飞得极慢的鸽子擦肩而过，最终降落在海博达榭利街99号的屋顶上。

一对男女手挽着手在街上散步，他们几乎是静止的，但又不完全是。抽烟斗的男人正以极慢的速度把烟斗从嘴里拿出来。跳跳踩到一块松动的瓦片，差点从屋顶上摔下来。这块瓦片往边上一滑，以极其缓慢的速度叠到了别的瓦片上。

圣诞老伯坐在雪橇里向前俯身，一次又一次地按着"停止"按钮，但瓦片还是在不停地移动。

"我的老天。"

时间必须得停止——完完全全地停止。不能像这样停停走走，也不能只是慢下来而已。他还要去给两亿两千七百八十九万两千九百五十一个孩子送礼物。没错，就是有那么多的孩子，所以时间必须停止。

他不知道的是（不过他很快就会发现），事情的转机（至少是一部分）就在这烟囱的下面。他站在烟囱上方，一点点爬进去，许了个愿，让自己胖胖的身体通过那狭窄的内壁。就在这时，他注意到烟囱的顶部有一些灰扑扑的手指印，显然属于最瘦小的孩子。

圣诞老伯担忧着。很快，这个小小的担忧就要变成大大的担忧了。

长胡子的女孩

事情有点不对劲。

在看到那张床之前，圣诞老伯就感觉到了异常。

接着，他看见了那张床。

他忍不住深吸了一口气。

艾米莉亚长大了。

圣诞老伯知道，她现在已经十岁了。十岁的孩子和八岁的孩子可以有很大的差别，但她都快长得和整张床一样大了。还有，她的肚子跟圣诞老伯的差不多大，还在不停地打呼噜，那声音就像一只感冒的猪。

圣诞老伯环视四周。

这个地方跟两年前一模一样。

潮湿的墙壁上，涂料片片剥落。由于屋顶漏雨，天花板在不停地滴水。那只猫去哪儿了？上次他来这儿的时候，有一只黑猫睡在她的床上，可现在，完全没有它的踪影。

艾米莉亚的床上竟然有一个酒瓶。

一个威士忌酒瓶。

难道现在十岁的女孩子已经开始喝威士忌了？

接着，他看见窗外有个东西在动。一个小小的影子在快速下坠，摔在地上，发出"啪"的一声脆响——时间恢复正常了！

借着月光，圣诞老伯看到了那片摔碎在地的瓦片。先前见到的那对男女此刻已经消失不见。雪花不停地飘落。

就在这时，地板"嘎吱"一响。

"艾米莉亚"在床上坐了起来。他长了一脸像圣诞老伯一样浓密、像沃多老伯一样漆黑的大胡子，看起来差不多有四十九岁！

"你不是艾米莉亚。"

"你在我的房间里干吗？"这个男人大吼起来。他的声音十分粗哑，看起来（闻起来也是）就像一个海盗。

他抓起那个空了的威士忌酒瓶，朝着圣诞老伯的脑袋砸了过来。圣诞老伯闪身一躲，酒瓶砸在墙上，碎了。

"我的老天。"圣诞老伯惊呼一声，连忙伸手进袋子里搜索那个男人可能会喜欢的东西。他拽出一只眼罩，问道："你喜欢吗？戴上之后看起来会更像海盗的。"

可他并不喜欢："我一点也不像海盗，你才像。你就像个大肚子的红衣海盗。"

圣诞老伯又从袋子里摸出一堆巧克力币。

"我既不是海盗也不是小偷，我是圣诞老伯。请你收下这些。"

"金币？"男人惊讶地问道。

"巧克力做的，"圣诞老伯说，"上好的妖精巧克力。"

"巧克力做的金币？真是个好主意！"男人说着，张嘴吃了一枚。

"你得把包装纸撕掉。"圣诞老伯解释说。

"噢，是吗？我知道了。"

"真抱歉我吓到你了。听我说，你是艾米莉亚的父亲吗？"

"艾米莉亚是谁？"

"她住在这儿，或者说曾经住在这儿。"

男人想了想，说："这个，我在这里住了一年。不过邻居们说这里原本住了一个女人，后来死掉了……她还有个女儿。我不知道她去哪儿了。"

圣诞老伯深吸一口气，想到艾米莉亚的第二封信，就是那封在去年圣诞节之前收到的信，心里一沉。可惜去年的圣诞节失败了。

"原来如此。"圣诞老伯说，"我知道了，谢谢你，现在我得走了。"

男人惊讶地看着圣诞老伯向壁炉走去："你怎么可能进得去？"

"我有魔法。"圣诞老伯说，"圣诞快乐。"

说完，他就消失在了烟囱里，那显然是一个成年人挤不进去的狭小通道。

不妙的是，圣诞老伯被卡在了烟囱的顶端。他的头已经探了出来，身体却还卡在里面，那感觉就像被巨怪紧紧地抓在掌心一样。

"呃，这可有点尴尬。"他说。驯鹿们全都站在屋顶上盯着他看。彗星在哈哈大笑，从鼻孔里迅速地喷出一小股一小股的气体。

"彗星，这一点都不好笑！"

布利赞小心地低下头，让圣诞老伯抓住自己的鹿角。等他抓稳了之后，布利赞开始慢慢地往后退。

"啵！"

圣诞老伯从烟囱里飞了出来，活像一个酒瓶上的木塞子。幸运的是，他抓得很紧，所以没有飞得太远。他在空中翻了一个大大的筋斗，正好落到布利赞的背上。

"谢谢你，布利赞，一如既往的好伙伴。"他感激地说，顺便瞪了彗星一眼。

接着，他从驯鹿的背上滑下来，小心翼翼地向雪橇走去。

圣诞老伯做了一个决定

这一切都相当复杂。

魔法的工作原理，北极光，停住时间，在空中飞翔，等等，一切的一切，都相当复杂。

这些事情能否实现，取决于许多许多因素，或许甚至是许多许多许多因素。要详详细细地解释清楚，得写好多本书，大概要写七千四百六十二本。尽管我是愿意写的，但我的手指可能会没有力气，肚子也会饿得咕咕叫。

总之，如果你试图把魔法详详细细地解释清楚，它就会消失不见。这就好比当你看见一只漂亮的蝴蝶时，还想看得更清楚一些，就会忍不住凑近去看，但这样会把蝴蝶吓走，于是你就什么也看不到了。

（要是你觉得上面那些话纯属胡说八道，我可得认真地告诉你，那绝不是胡说八道，你最好再仔仔细细

地读一遍。）

有些事情是可以肯定的。比方说，圣诞老伯感到很困惑。

他知道妖精堡出了状况，但托普老伯什么也没有告诉他。

他知道艾米莉亚·威沙特失踪了，而且艾米莉亚·威沙特很重要。她是第一个孩子，在第一个圣诞节那天心中有最多希望的孩子。希望是一样十分重要的东西，是构成魔法最主要的原材料。但希望本身又是一种复杂的魔法。艾米莉亚是那么地相信魔法的存在，这让空气中充满了魔法。而在那个时候，世界上还没有一个孩子知道圣诞老伯的存在。她相信的，不是圣诞老伯，而是无限的可能。她相信在一夜之间把礼物送到世界上每一个孩子的袜子里这样的事情真的有可能会发生。

"好啦。"圣诞老伯站在屋顶上，对驯鹿们大声宣布，"听着，我相信我们能拯救圣诞节，但首先必须找到这个女孩。她就在伦敦的某个角落，我一定要找到她。"

在人群中行走

圣诞老伯知道，一群驯鹿在屋顶上太惹眼了，尤其是在时间恢复正常的时候。所以，他指挥着它们（摇摇晃晃地）飞到了郊外的一片草莓田。

"听着，驯鹿们，乖乖在这儿等我回来，别淘气！我不会去很久的，我保证。"说完，圣诞老伯独自走向伦敦。

这实在是一种奇怪的经历。首先，伦敦真是个阴沉的城市啊。

另外，除了圣诞老伯之外，没有人穿一身红衣服，还戴一顶红帽子的。所有人都戴着黑色的帽子，只有唱颂歌的女孩子除外，她们清一色戴着白色的无边女帽。人人都穿着单调的衣服。他摘下鲜红的帽子，把它塞进了口袋。

这里没有驯鹿，也没有雪橇，没有一样东西像姜

味饼那样香甜，只有烟味和马粪的臭味。

"一个没有魔法的世界，"他自言自语，"真是个悲伤的地方。"

另一件奇怪的事情是，时间总是一会儿停止，一会儿恢复。整个世界就好像一台坏掉的大机器，时好时坏。很显然，他希望时间能完全停止，这样他才有机会找到艾米莉亚，然后把所有的玩具都送出去。他路过海博达榭利街的一座教堂，教堂的大钟显示时间是十二点半，在妖精的时间里已经是"非常非常晚"了。

这个时候，路上已经没有多少行人。一个老妇人坐在一张长椅上，她没有牙齿，眼睛混浊，身上披着一条大披肩。她正在喂鸽子。鸽子们突然停在空中，然后又飞起来，接着又停止。

当她静止的时候，圣诞老伯走过去在她身边坐下。很快，她又恢复正常了，发现身边坐着圣诞老伯，于是凑了上来（带着一股洋葱味），跟他打了个招呼："你好呀，小伙子！"

圣诞老伯跟她问了声好之后，就急切地向她打听艾米莉亚。她表示自己从来没听过这个名字，还问了鸽子们，它们也给出了同样的答案。

这是一个幽暗的夜晚，伦敦的雾气浓重。所以尽管时间正在慢慢推移，街上的一切还是时隐时现。男人们从酒吧里出来，摇摇晃晃地走回家，嘴里哼着圣诞颂歌。一个抓老鼠的人口袋里塞满了老鼠，心满意足地走在路上。圣诞老伯发现了一个圣诞集市，但所有的摊位此刻都空无一人，只有一个卖栗子的小贩。圣诞老伯朝她走去。

"要栗子吗？"小贩问道。她长着一张窄窄的瘦脸，头上裹着一条彩色的大围巾。她抓了抓围巾，继续说，"只要给四分之三便士，这些通通归你了。"

圣诞老伯给了她三枚巧克力币。

她目不转睛地盯着它们。

"是巧克力做的。"他解释道。

她撕开包装纸，把一枚巧克力放进嘴里，然后闭上双眼，好一会儿没有说话——她在全心全意地享受着巧克力带来的愉悦。

"噢，这巧克力实在是太美妙了。"

"我知道，它也可以当钱用。"

她笑了起来，觉得难以置信："在哪儿？"

"在北边。"

她想了想："曼彻斯特吗？"

"不，还要更北……算了。听着，我不想要栗子，我在找一个女孩，她的名字叫艾米莉亚·威沙特。她是我的……呃……亲戚的朋友。她失踪了。对了，她带着一只黑猫。"

"这个，她一准儿在街上流浪呢，我是说运气好的话。"

"运气好？在街上流浪算是运气好？"

圣诞老伯回想起自己小时候，被卡洛塔姑妈逼着睡在屋外的三个月，还有后来在去遥远北方的路上，他是怎么挣扎着让自己暖和起来，怎么强迫自己睡着的。那些夜晚至今还出现在他的噩梦中。

"当然了，她也可能已经死掉了。她多大？"

"十岁。"

"嗯，十岁是个不错的年纪。好多比她小的孩子都死掉了。她可能是自然死亡的。"

"才十岁就死掉？"

"在这里，死掉可不算最糟糕的事情，对一个孩子来说。"

这下圣诞老伯完全迷糊了，同时又非常非常担心："你是说真的吗？还有什么能比死更糟糕的？"

她的脸上突然没有了一点血色（本来就已经够苍白的了），鼻子抽动了一下，仿佛在等待一个永远打不出来 的喷嚏。接着，她的眼

睛瞪得大大的，眼里满是恐惧。

"济贫院。"她说。

圣诞老伯皱了皱眉："济贫院是什么？"

"一个可怕的地方。太可怕了，太可怕了。"她重复着说了好多遍，"他们把穷人抓进去做苦工。我也在那里待过一阵子。他们假装对你

好，其实根本就不是，根本不是，根本不是……我拼命逃了出来，花了我好几年呢，有些人就没我那么幸运了。"

"她会在哪家济贫院呢？"

"有好多呢。老肯特路济贫院、恩典教堂、面包街济贫院、史密斯济贫院、克利帕济贫院、诸圣堂、圣玛丽布、琼斯济贫院……"

她一口气报出一长串名字，圣诞老伯不知道该从哪家找起。"希望她不在这里面的任何一家。"

"是啊，"圣诞老伯说，"我也这么希望。"

这时候，她的脸上突然闪过一道光，仿佛阳光照射在街道上。

"您是说她带着一只黑猫对吗，先生？"

"没错，只有尾巴尖是白色的。"

卖栗子的小贩拍起手来："啊，对了，带着一只猫的女孩，终于想起来了！就在一年前的今天，她想投奔我来着，我真后悔拒绝了她。可是你知道，我对猫过敏，我住的地方又……呃，完全挤不下任何东西，就连一只精灵都住不下。"

"这可说不定。"圣诞老伯说，"你知道她去哪儿了吗？"

"她当时正被济贫院的人追赶。"

"噢，不。"

"我劝她去圣保罗大教堂附近找布罗德哈特太太。我年轻的时候就认识她，是她帮了我一把。对了，我叫贝西，贝西·史密斯。"

她似乎在等圣诞老伯说自己的名字，但他没有说。

"对了，我的魔……我是说，我的记忆力不太好……去圣保罗大教堂怎么走来着？"

就在这时，她停住不动了，就和周围的一切一样静止在时间里。栗子冒出的热气也凝固在空中。

"谢谢你。"圣诞老伯明知她听不到自己的声音，还是朝她道谢。他迅速地朝着她所指的方向走去，希望能在时间恢复正常之前赶到。

猫咪

诞老伯在教堂附近四处搜寻布罗德哈特太太的踪影。那里有几个老太太在走动——时间又恢复正常了。事实上，她们是这里除了鸽子之外唯一还在室外活动的生物。

一个驼背的老太太坐在一张长椅上。

"你是布罗德哈特太太吗？"

她睁着一对大大的眼睛，困惑地看着圣诞老伯："不，我是一只鸽子。"

"我很肯定你是人类。"

老太太听了这话哈哈大笑起来，然后从长椅上摔了下来。一只鸽子飞过来，停在她的脸上。

另一个老太太走了过来。她脸上满是皱纹，活像一只干瘪的核桃："别理珍妮，她雪莉酒喝多了。今晚可是圣诞节啊。"

"你是布罗德哈特太太吗？"

"不是，"她说，"布罗德哈特太太进监狱了。她和她养的那群女孩子都被抓进去了，她们偷圣诞布丁。"

圣诞老伯点了点头，脑海中闪过一丝担忧，但这份担忧很快就被他赶走了。艾米莉亚不是小偷。"我在找一个名叫艾米莉亚的女孩子，艾米莉亚·威沙特。"

"没听过。"

话音刚落，教堂的钟声响了起来，躺在地上的老太太再次大笑起来，吓跑了脸上的鸽子。

圣诞老伯独自走着，在河边的一张长椅上坐下。时间再次停止，河面上的涟漪凝固了，仿佛在等待空中的雪花飘落。

艾米莉亚已经失踪了一年，她有可能在任何地方。整整一年！也许这就是希望消失的原因！也许这就是为什么巨怪会发动袭击！北极光不再闪亮，大概也是这个原因……

他闭上眼睛，努力地思考着，但理智根本不起作用。他睁开眼睛，眼前的河水是那么地美好。

这时候，他记起托普老伯曾经对他说过一句话："魔法无处不在，只要你懂得怎样去寻找。"

"魔法就在这里。"圣诞老伯对自己说。

只要有魔法，就有希望。他盯着水面上的涟漪，只见它们又流淌了起来，就像苍老的皮肤上深深的皱纹。他对着河水许了一个愿，希望有人能带他去找艾米莉亚。突然，夜风里传来一个声音。

喵。

一只猫。就在他身后的长椅上。一只黑猫。这是他这辈子见过的唯一一只黑猫，它的毛色是那么地漆黑，几乎要跟黑夜融为一体，除了尾巴尖上那一小撮白毛。

"等等。我见过你。"圣诞老伯叫了起来。两年前他见过这只猫，就在送礼物的时候。

时间又恢复正常了，猫咪动了起来。

煤灰船长跳下长椅，一路小跑着离开了河岸，朝圣保罗大教堂相反的方向跑去，尾巴高高地竖在空中。

圣诞老伯紧跟在它身后。

道堤街 48 号

终于，黑猫在一条宽敞的大街上一座小小的房子前站住了。那是一条安静的街道，只有一对男女走过。男人戴着一顶高礼帽，留着一撇螺旋状的小胡子，尖端还沾了点雪花。女人身穿一条亮闪闪的曳地长裙，那裙子的样子让她的屁股看起来仿佛撅出一英里远（或许事实就是如此）。伦敦的这片区域跟海博达榭利街大不相同，这里的一切看起来都昂贵又平静，仿佛平静是一种需要花钱才能买到的东西。

这里的房子全都高大宽敞，与街道之间保持着一定的距离，需要上几个台阶才能走到大门口，就仿佛和人行道大吵了一架，恨不得离它远远的。这对男女看着圣诞老伯的装束忍不住咯咯笑了起来。他们显然刚从某个圣诞派对上离开，喝多了雪莉酒。

"这家伙看起来好像两年前那个满世界送礼物的老

头子。"女人说，"莱昂内尔，他叫什么来着？圣诞大人？布丁先生？烟囱大叔？还是软糖老伯？"

男人一阵狂笑。狂笑是一种特殊的笑法，在维多利亚时期的伦敦相当流行。他的笑声听起来与普通男性的笑声有点像，不过其中掺杂了一点马的嘶鸣声："噢，彼得罗妮拉，你可真是个开心果。"

圣诞老伯喜欢看别人笑，即便他们嘲笑自己也无妨。"圣诞快乐。"他说。这对男女也大笑着回了句"圣诞快乐"，不过时间突然慢了下来，所以听起来有点像"圣——诞——快——乐——"。

与此同时，猫咪发出了一声拉长的"喵——"，在门口等着主人来开门。它抬头看着那扇漂亮的黑色大门，还有门上的圣诞花环，圣诞老伯则默默记下了门牌号：道堤街48号。这座房子总共三层，从二楼的大窗户看去，一个男人正在伏案书写。这个男人看到了猫咪和圣诞老伯，于是用非常非常缓慢的动作离开了书桌。圣诞老伯留意到，雪花落下来的速度正在慢慢恢复正常。不一会儿，男人打开了门。

　　"进来吧，煤灰船长。"他一边对猫咪说，一边把大门敞开。猫咪一眨眼就消失在门后了。

　　这个男人相当矮小——对于人类来说，但依然有两个精灵那么高。他留着一小撮黑胡子，身穿一件紫色的马甲和条纹长裤，手里拿着一支钢笔。在这样一座黑暗阴沉的城市里，他是一抹少见的亮色，就像泥塘里的一朵鲜花。他用锐利的目光打量着圣诞老伯，煤灰船长在他两腿之间蹭了蹭脑袋。

　　"还有比一只猫咪的爱更棒的礼物吗？"他对这个身穿红衣的陌生人说道。他说这话的时候摆出一副华丽的气派，挥舞着双手，仿佛每一个字都无比重要，仿佛自己正在舞台上表演。

圣诞老伯笑着点点头。他喜欢这个男人，也喜欢他的背心。

"驯鹿的爱也不赖呀。"他说。

"呃，我对驯鹿完全不了解，不过相信你说得没错。那么，祝你圣诞快乐。"

圣诞老伯决定开门见山。正在男人准备关上门的时候，他开口了："我在找一个名叫艾米莉亚·威沙特的孩子，这只猫原本属于她。"

大门再一次敞开了，男人一脸好奇。

"请问是谁在圣诞节的凌晨一点钟问这样一个问题？"

"一个朋友。"

"驯鹿的朋友？"

"我也很想成为所有人类的朋友。"

"那么，你叫什么名字呢？我叫查尔斯·狄更斯。"

"啊，原来是你。"圣诞老伯叫道，"我认识你。"

"那还用说。"

"我把你写的书送给好多好多孩子当作礼物。"圣诞老伯突然意识到，这个男人能帮他一把，但首先必须得取得他的信任才行。要取得一个人的信任，就必须把真话告诉他。于是，他走上台阶，确保没有第三个人能听到自己即将要说的话：“我是圣诞老伯。”

查尔斯·狄更斯哈哈大笑起来：“虽然我是写小说的，但也不代表我会信这种话。”

圣诞老伯在记忆中努力地搜寻，希望能想起面前这个男人还是个小男孩时的情景。这得花点时间，但他知道这段回忆就储存在记忆中的某个地方。

"小查尔斯……喜欢他的巧克力金币吗？凯特喜欢我送给她的钢笔吗？还有小华尔特，他喜欢那些玩具士兵吗？"

"我的老天，你是怎么知道的？"狄更斯先生吃了一惊。

"因为我说的都是真话。很抱歉在深夜打扰你，还是在平安夜，但这件事真的很重要。你看，空气中的魔法不足以停住时间，也就意味着我没法在早晨之前把礼物全部送出去。另外，没有魔法，雪橇也飞不起来。驯鹿不像鸟儿一样长着翅膀，要是没有足够的魔法，它们根本飞不起来。所以必须让空气中重新充满魔法才行，而这需要更多的希望。"

"上回在我需要希望的时候，有一个孩子的希望是那么地强烈，瞬间就让天空中充满了魔法。那个孩子就是艾米莉亚·威沙特。是艾米莉亚的魔法让我从妖精堡一路飞到这里。对了，妖精堡就是妖精们住的地方。"

查尔斯·狄更斯摇摇头，大笑起来，看起来一点都不相信："妖精？你一定是疯了。我知道今天是圣诞节，你到底喝了多少圣诞甜酒？"

圣诞老伯继续解释："你看，两年前，一切都按计划进行，可也不过是勉强成功而已，因为空气中的魔法刚好够量。所以，我把第一份礼物送给了全世界有最多希望、最相信魔法的孩子。是她的希望让我和驯鹿们飞上了天空。要是没有她，这一切都不会发生。从来没有一个孩子能像她那样充满希望，她一个人的希望就抵得上全世界。可现在，那希望不见了。"

查尔斯·狄更斯用一块手绢擦了擦眼睛："真是个悲伤的故事，可我还是无法相信。什么让时间……"

让时间停止。

这是他原本想说的话，可惜并没有说完。因为时间又一次停止了。圣诞老伯知道，这就是他证明自己的好机会。

他迅速地把自己那顶镶着毛茸茸的白边的红帽子扣到查尔斯·狄更斯的头上，然后朝后退了五步，站在街道的正中央，等待时间再次恢复正常。

"嘀嗒"，时间恢复了。

查尔斯·狄更斯发现圣诞老伯竟然站在街道的中

央，他倒抽了一口气："我的老天，你到底是怎么做到的？"圣诞老伯指了指他的帽子，狄更斯先生甚至都没有意识到那顶红帽子已经到了自己的头上。

"帽子不错。"圣诞老伯说。

查尔斯·狄更斯吃了一惊，手里的钢笔都掉到了地上。他的嘴巴大大地张开，又慢慢地闭上，像极了一条鱼，过了好一会儿才缓过神来。

"上帝保佑我！太精彩了，你真的是圣诞老伯。太神奇了，真的是太神奇了。"他伸出一只手，"很荣幸能遇见一个跟我一样有名的人。"

"不过，拜托了，"圣诞老伯压低声音，握了握他的手，"别把这事儿告诉任何人。"

"当然。快请进吧。"

接着，圣诞老伯和查尔斯·狄更斯一起在他的客厅里度过了十分钟。光线很暗，只有一根蜡烛闪烁着微弱的光。不过房间本身很不错，他们还喝了热乎乎的圣诞甜酒。

圣诞老伯得知艾米莉亚被关进了克利帕济贫

院——"全伦敦最糟糕的济贫院"。

"我必须去救她。"

"什么，现在吗？"

"没错。"圣诞老伯想也不想便回答道。

"必须今晚就去救她，只有这样才能拯救圣诞节。我们不能再错过一次圣诞节了，连续两年的失败会让全世界都丧失希望。"这时候，他突然意识到，时间已经有整整十分钟没停下来了，"我必须得走了。再过五个小时，孩子们就要醒来了。"

"等等，"查尔斯·狄更斯说，"你得定个计划才行，还要伪装一下自己。既然魔法不够用，你就不可能简简单单地从烟囱里滑进去，把她救出来。另外，把她救出来之后要怎么办？你准备去哪儿？要是她根本就不在那儿呢？"

这一连串的问题就像萤火虫般在圣诞老伯的脑子里嗡嗡嗡地飞来飞去。

"我觉得这根本就是不可能的。"查尔斯·狄更斯说。

"没有这回事。"圣诞老伯坚定地说。煤灰船长跳到了他的大腿上。

查尔斯·狄更斯大笑起来。

"当然有啦，很多事情都是不可能的，比如在你毫无灵感的时候写一个故事。"他的笑声变成了一声叹息，"简直毫无希望。"

圣诞老伯像被人掐了一把似的皱起了眉头："'毫无希望'和'不可能'，这是两个最可怕的词语。"

"这五个星期，我每天都坐在楼上的书桌前，绞尽脑汁地写一个新故事，可脑子里一片空白，什么也想不出来，都快急出病来了。大家喜欢我的第一部小说，我担心自己再也写不出第二本来。我的脑子就像三月的泰晤士河一样笼罩着一层浓雾，完全不知道接下来该写些什么。"

圣诞老伯笑了："圣诞节啊！你应该写个关于圣诞节的故事！"

"可我要花好几个月才能写出一本书，难道要在……三月的时候写圣诞节吗？"

"圣诞节不是一个日期，狄更斯先生，而是一种感觉。"圣诞老伯注意到，作家的脸一下亮了起来，仿佛夜晚路灯下的玻璃窗。

"圣诞节的故事？似乎是个不错的主意！"

"你看，没有什么不可能。"

查尔斯·狄更斯抿了一口酒："嗯，我想到了一个办法。你可以伪装成夜间巡查官。你知道，济贫院是要接受巡查的，而且通常都是趁他们毫无准备的时候，比如在晚上，或者圣诞节。但你还需要伪装一下。我来帮你，你可以穿我的衣服。"

于是，圣诞老伯穿上了查尔斯·狄更斯最大的一条黑裤子。可即便是最大的一条，对圣诞老伯来说还是太紧了，他努力拉上去的时候崩掉了一粒扣子，正好弹到查尔斯·狄更斯的一只眼睛上。

煤灰船长哈哈大笑，当然，是以猫咪的笑声，所以没有人听到。

"我得给你找条腰带，还有我最大的外套。"查尔斯·狄更斯说，"这样你看起来就和正常人差不多啦，嗯，勉强算吧。"

"谢谢你，狄更斯先生，我得走了。我必须找到艾米莉亚，还要在日出之前把礼物送到两亿两千七百八十九万两千九百五十一个孩子手上。"

"那可真是个大数目，都快赶上我的书的销量了。祝你好运，圣诞老伯。我真心希望你能找到艾米莉亚，顺便帮我把这个送给她。"查尔斯·狄更斯递给他一本签了名的《雾都孤儿》，说，"明年可别忘了来这儿，好吗？"

"放心吧。"

尾巴尖端长着一撮白毛的黑猫正坐在查尔斯·狄更斯的两只拖鞋之间，专注地凝视着圣诞老伯。圣诞老伯突然意识到，还有最后一个问题要问。

夜间巡查官

圣诞老伯站在克利帕济贫院的门口，敲响了那扇可怕的木门。那扇门相当大，足够做一个城堡的大门。终于，有人来开门了——是门房霍博先生。霍博先生比妖精高不了多少。他是个驼背，但胳膊十分粗壮，两只手又大又有力。他抬起头看圣诞老伯，那是一段遥远的凝视："谁？"接着好一会儿没人说话。

圣诞老伯在等他继续说点什么，但他什么也没说。

"我的名字叫……"圣诞老伯突然间意识到，还没想好自己该叫什么名字，"梦芯先生。我是一名巡查官。"

霍博先生盯着圣诞老伯的大肚子和紧身裤："巡查官？你看起来一点都不像警察。"

"为什么？"圣诞老伯说，"那我看起来像什么？"

霍博先生想了想，说："像一个长着人脸的巨型布丁。"

"呃，我不是布丁，也不是警察。我是一名济贫院巡查官，我现在就要来查这家济贫院。"

"克利帕先生根本没说过这档子事。"

"因为这是一次突击检查。"

"这个，抱歉，棒槌先生……"

"是梦芯。"

"你不能进来。"

"嗯，你正在犯一个大错，"圣诞老伯说，"等到克利帕先生被迫关闭济贫院，就因为你不让我进去检查的时候，他会怪罪谁呢？"

霍博先生的脸"唰"的一下白了："好吧，那就进来吧，呆瓜先生。你运气不错，克利帕先生正好在。"

圣诞老伯的脸色变得比霍博先生更苍白："什么？克利帕先生在这儿？现在？今天可是圣诞节！"

"没错。"霍博先生说，"两年前有个坏家伙偷偷溜进来，试图用玩具之类的好东西教坏孩子们。今年克利帕先生亲自值班，看看他还敢不敢再来。"

圣诞老伯倒吸一口气："噢，可真是个好主意。让玩具之类的好东西都见鬼去吧。"

于是，在圣诞老伯假装检查济贫院之前，他必须得过克利帕先生这一关。

克利帕先生站在圣诞老伯面前，伸出几根瘦骨嶙峋的长手指敲打着他的手杖。

圣诞老伯喜欢大多数的人，但他发现，自己对克利帕先生怎么也喜欢不起来。

"那么，"克利帕先生冒出一个词，接着沉默了好一会儿，这个词就这样悬在空中，像他的口气一样散发着酸臭味，"梦芯先生……你是个巡查官对吧，你为谁工作？"

圣诞老伯想了一会儿。他留意到克利帕先生的手上有一个咬痕。从那粉色印记的大小来判断，显然是一个孩子留下的。

"为英国政府，还有……还有女王。"

一个微笑爬上了克利帕先生的脸颊："这我可不信。你知道，这家济贫院我已经开了十年，换句话说，从济贫院开始存在以来，我就开了这家济贫院。我可以很负责任地告诉你，你绝对不是一个巡查官。巡查官不会穿这么紧的衣服，也不会浑身散发着一股圣诞甜酒的气味。你根本不是什么巡查官，而是个冒牌货。我已经叫霍博先生去警察局找我的朋友普莱警官，他

很快就会过来逮捕你，以伪造身份的名义把你关起来。"

圣诞老伯突然感到前所未有的紧张。他还是个小男孩的时候，魔法就一直是他的护身符。如今，在这个人类的世界里，魔法不管用了，他才发现没有任何东西可以保护自己了。

"我没有伪造身份！"

克利帕先生朝他凑近。他的脸干枯灰黄，鼻子破损扭曲，两片嘴唇几乎是纯黑色的，口气像下水道一样恶臭难闻。"你根本就不是什么济贫院巡查官，而且我可以肯定，梦芯先生也不是你的真名。你瞧，跟这群伦敦的渣滓在一起这么久，我早就能轻而易举地嗅出谎言的气味。"

圣诞老伯不敢相信，口气如此恶臭的克利帕先生竟然能嗅到任何东西，但他没有说出来。克利帕先生的鼻子抽搐了一下，圣诞老伯闭上了嘴。

"没错，毫无疑问，这间屋子里充满了谎言的气味。既然如此，那么你就犯了一个大罪——冒充女王的仆人。罪大恶极，要被处死。"圣诞老伯倒抽一口气。"除非你能从口袋里掏出一封维多利亚女王陛下亲笔写的信，否则你就有大麻烦了！"

维多利亚女王陛下亲笔写的信？哈！他正好有一封。圣诞老伯从口袋里掏出信，递给克利帕先生。克利帕先生死死地盯着纸上的字迹和皇家印章，看呀看，看呀看，终于，他勉强挤出一个笑脸，脑袋歪向一边，伸出一只瘦骨嶙峋的手。

"梦芯先生！很荣幸见到您。刚才发生了一点小误会，我表示十分抱歉。现在，您准备什么时候开始检查呢？"

"立刻。"圣诞老伯回答。

克利帕先生瞪大了眼睛："现……在？"

"没错。"

此刻克利帕先生的脑子里全是女王的那封信，只好顺从地点了点头："那好吧，我们这就开始。"

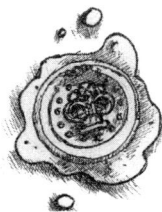

一个可怕的地方

即便在大白天，济贫院里都是一片阴沉，到了晚上，这里简直像是影子做的一样。只有走廊的墙壁上伸出几盏油灯，闪烁着微弱的光。

"你知道的，梦芯先生，济贫院可不是什么高级酒店。"他们走过空无一人的走廊时，克利帕先生说，"这个地方就应该要多凄惨有多凄惨。"

"为什么你非要把一个地方弄得如此凄惨呢？"

"因为人生本来就是艰难的，梦芯先生，只有傻瓜才会让人相信人生是美好的。"

这时候，圣诞老伯听到了一个声音，来自楼下，是脚步声。

"谁在那儿？"

克利帕先生笑了起来："你知道，两年前的今天，一个不速之客来到了这儿。那个老东西也不知道是怎么进来的，竟然给每个孩子都送了礼物，我们好不容易才把那些该死的礼物全部没收掉。所以今天——为了安全起见——我们增派了守夜人员，不单单是厨房女佣和被罚值晚班的人，还有人专门负责巡逻。"

圣诞老伯气得两颊涨红，不得不咬住自己的舌头。他对克利帕先生说："我能到处走走看看吗？"

"当然。"

克利帕先生一步不离地跟在他身边，圣诞老伯只好又加了一句："一个人，如果可以的话。"

克利帕先生很想拒绝，两片嘴唇像将死的蠕虫般打战。但他想起了梦芯先生的皇家特许令，于是及时改了口："当然可以，巡查官先生，请您随便查。"

圣诞老伯总算得以独自一人在济贫院里四下走动。看着眼前的走廊和宿舍，他终于想起了两年前那趟毫无意义的造访。他遇见一个瘦骨嶙峋的老太太正在擦地，感到十分好奇。

"您这是在值班吗？为了防止圣诞老伯再次到来？"他向老太太提问。

"不是的，先生，我必须把地板擦得闪闪发亮，照得出克利帕先生的脸才行。你看看，都怪我做了坏事，现在晚上也得干活了。"

"您到底做了什么坏事？"

"我在克利帕先生讲话的时候打了个哈欠。"

接着，圣诞老伯遇见了一个男孩，他整个人被倒挂起来，用鞋带绑在一根天花板的水管上。

"你又是犯了什么错呢？"圣诞老伯问道。

"我的一只鞋没系好鞋带，所以现在必须在这儿被挂到早上。"

接着，他又遇到了三个男孩，都是十几岁的大男孩。他们站在火炉边，手里分别拿着一块板砖、一柄锋利的匕首和一根烧得通红的拨火棍。火焰在炉膛里熊熊燃烧。

"谁在那儿？"他们警惕地问道。

"我是梦芯先生，夜间巡查官，我有女王的亲笔信。"他把那封信拿出来给他们看，"我得问一问，你们这是在干什么呢？"

"克利帕先生叫我们守夜，"拿着拨火棍的男孩说，"只要一看见圣诞老伯，就要不顾一切地拦住他，用这个在他后背上烙个印。"

圣诞老伯倒抽一口气，难以置信地盯着那根拨火棍："这个，我要是看见他，一定会喊你们的。"

圣诞老伯知道，集体宿舍是最有可能找到艾米莉亚的地方。他记得宿舍在哪儿，两年前他去那里送过礼物——尽管那些礼物在早餐前就被没收了个一干二净，没有一个孩子享受得到。

他来到了一个空旷的大餐厅，这地方十分吓人，又阴又冷，高高的窗子在脏兮兮的墙壁上显得尤为恐怖，透过窗户，

能依稀看到夜晚的黑云。餐厅的另一边传来"叮当"声，圣诞老伯踮起脚尖，悄悄地朝那声音的方向走去，想看看究竟是谁。

原来那声音是从厨房里传来的，料理台上的几口大锅里一些黏稠的灰色液体正在"咕嘟"地冒着泡。

只见一个厨房女佣站在那儿，被一盏油灯照亮。

她穿着棕色麻袋布做的制服——就是囚犯穿的那种，正用一个大汤勺搅动锅里的东西。

他慢慢地打开厨房门，走了进去。

"你好。"圣诞老伯向她打了个招呼。

厨房女佣转过身来，深吸了一口气，接着迅速抓起挂在手边的一口锅子扔向圣诞老伯。圣诞老伯幸运地躲过了一劫，但紧接着又一个锅子飞来，正中他的脑门。圣诞老伯突然感到整个厨房都旋转了起来，然后眼前一片漆黑。

等到他再次睁开眼睛时，他只知道自己肚子朝天躺在地上，眼前是一块从天花板上挂下来的火腿。

施点魔法

厨房女仆的脸朝他凑了过来。她红扑扑的脸蛋圆滚滚的，像极了一个苹果，头发在脑后梳成一个光滑的发髻，让她的脸看起来更圆了。她的眼睛里闪着亮晶晶的火花。圣诞老伯想起托普老伯说过的一句话："一个人是否善良是看得出来的，善良的人眼睛里有火花。"

"你是谁？"她问道，"穿着条紧身裤，大半夜在这里鬼鬼祟祟？"

正是她的这种发问方式让圣诞老伯不假思索地准备说出真相。尽管她刚刚才用一个锅子把他砸晕，但她长了一张让人信任的脸。

于是他如实交代了自己的身份："我是圣诞老伯。"

女佣大笑起来："我还是仙女的教母呢！"

圣诞老伯笑了："啊，你好啊，仙女的教母！"

女佣笑得更大声了，在这样一个地方听到笑声真是一件不错的事情。

"你真的相信我是仙女的教母？"

"为什么不呢？你说的嘛。"

"呃，我不是。"

这回换作圣诞老伯大笑起来。他差点忘了人类是一种多么奇妙的生物。

"好吧，我确实是圣诞老伯，不过请你别告诉别人。"

女佣不明白了："那你为什么告诉我呢？"

"我也不知道，但我是认真的。"

"既然你说你是圣诞老伯，那你为什么跑来这里偷看值夜班的女佣，而不去送礼物呢？"

"说来话长。"

女佣从来没见过这样一张如此可信的脸，可是，她无论如何也没法相信眼前的这个人真的是圣诞老伯！她听说过圣诞老伯，那个人乘着雪橇满世界飞，这个白胡子的胖老头怎么可能做得到？

"施点魔法让我瞧瞧，"她说，"猜猜我叫什么名字。"

圣诞老伯思考起来。他揉了揉脑门上的鼓包："问题是……空气中的魔法太少了，这也就是我在这儿的原因。"

"别找借口，快猜我的名字。"

"珍妮？"

"不对。"

"丽兹？"

"不对。"

"萝丝？"

"还是不对。"

"海蒂？梅布尔？维奥拉？塞德里克？"

"不对，不对，不对，通通不对。再说了，塞德里克是男孩的名字！"

"噢，你说得没错。对不起，我是随口说说的。"

她皱起了眉头："你根本就没有什么魔法，还不如一个煤块。好啦，现在请你出去吧，我得继续工作了，先生。克利帕先生看到我站在这儿跟你聊天，肯定会发火的，尤其是你还张口闭口管自己叫圣诞老伯。他会把我们俩的肠子抽出来当绑袜带。"

"嗯，克利帕先生以为我是梦芯先生，是奉女王的命令来这儿进行突击检查的。但我告诉你的都是真话，其实我来这里是为了寻找一个孩子。没有她，我们就拯救不了圣诞节……你知道，这都是为了希望。我必须找到这个两年前内心有最多希望的女孩。"

说完后，他看着女佣的脸，发现她眼睛里的怒火熄灭了，变成了善良的火花。也许是他真的离开人类世界太久了，他甚至觉得自己有一点点爱上了那对眼睛。那是一种温暖的感觉，十分奇怪，却充满了魔法，他有好一阵子没体验过这样的感觉了。事实上，空气中已经凝聚了足够的魔法，一个陌生的名字就这样跳进了他的脑海，他大声说了出来。

"玛丽·艾瑟尔·温特斯！"

她深吸了一口气："没有人知道我的中间名！"

"你出生于一七八三年三月十八日，总是在馊粥里加糖，让它不那么难以下咽。"

她简直不敢相信自己的耳朵："这可真稀奇！"

"你小时候最喜欢的玩具是一套小小的茶具。你的娃娃叫梅茜，跟你的祖母同名。"

她脸色煞白："你是怎么知道的？"

"一点点梦芯咒而已。"

"梦芯咒？"

"那是一种魔法，玛丽，源于希望的魔法。"

"你可真是个奇怪的男人，"玛丽说，"从你裤子的尺寸就可以看出来。"

圣诞老伯看了看那块挂在天花板上的大火腿。

"我以为这里人人都只能喝馊粥呢。"

"那是克利帕先生的火腿，只有他自己、霍博，还有他的警察朋友可以吃，别人连看都别想看一眼。"

这时候，一个声音从门口传来。是克利帕先生。

"一切都还顺利吗，梦芯先生？"

"是的，克利帕先生。我只是在问厨房女佣一些问题。"

"躺在地上问吗？"克利帕先生的声音充满疑惑。

圣诞老伯看到玛丽的脸上露出焦虑的神色，似乎是害怕他把真相告诉克利帕先生。

"我摔了一跤，"圣诞老伯说，"地板太干净了，所以我一路滑到了这里。"

这时克利帕先生看到了炉子边的一包糖："温特斯太太，你又往粥里加糖了是不是？"

玛丽看起来很紧张。她和这里的所有人一样，都被克利帕先生吓坏了。

"我刚刚表扬了这位女士，在粥里放糖是一件好事。"圣诞老伯说，"正因为这一点，我要给厨房打满分。"

玛丽用眼睛对圣诞老伯微微一笑，那是世界上最好的一种微笑。他感到心底里仿佛被什么东西轻轻挠了一下。

楼下的女孩

圣诞老伯站了起来。

"现在如果你不介意的话，克利帕先生，我还想问这个厨房女佣几个关于……"他环顾四周，看到一个架子上放着一些黄油，"黄油的问题。"

"黄油？"

"是的，黄油的存放很有讲究。"

"我在外面等着。"克利帕先生不耐烦地说，"不过，您到底还要检查多久？"

"太阳升起之前就该结束了，你放心。"

克利帕先生离开了厨房。圣诞老伯惊喜地听到，玛丽正在小声地问自己："哪个孩子？"他看得出来，玛丽已经相信他了，这让他非常开心。

"一个给我写信的女孩。她的名字叫艾米莉亚·威沙特，今年十岁，我相信她就在克利帕济贫院里。"

玛丽发出一个小小的呜咽声："噢，那个女孩实在令人心疼，他们那么残忍地对待她。"

"我必须找到她，这关系到很多事情，她的未来，我的未来，整个圣诞节的未来……对了，她在哪个宿舍？"

"哪个都不在。"

"什么？"

"她不在宿舍里。今天她试图逃跑，被克利帕关进了禁闭室。"

"那是什么地方？"

"禁闭室是地下室的一个房间，他们连吃的都不给她。她必须整天擦地，擦呀擦，擦呀擦，就像灰姑娘一样。我会给她送点吃的过去，不过那很危险，就像我们在这里说话一样危险。"

"我得救她出来，不过可能需要你的帮助。"

玛丽点了点头。她看了看四周："我能把这个地方变成一个陷阱，只要你把……"

话音戛然而止。克利帕先生进来了。

"好了，梦芯先生，我敢说您已经对厨房了解得够多了，现在去院子里看看怎么样？还是说你想去检查宿舍？"

"不，克利帕先生，"圣诞老伯慢慢地说，"我想去楼下看看。"

"楼下？"

"我想看看地下室的情况，还有禁闭室。"

"不行，这是不可能的。"

"噢，"圣诞老伯说，"女王可不喜欢这样，她一点也不喜欢这种事情。她会因为你拒绝接受巡查而命令你关闭这地方。"

克利帕先生一听到女王的名号，立刻脸色煞白。

"地下室，"他说，"很好，跟我来。"

他们离开餐厅，沿着石阶往下走。圣诞老伯问克利帕先生是否有人在禁闭室里。

"是的，一个女孩，来这儿一年了，还是那么野蛮，真可悲。她一会儿吵着要看书，一会儿哭着不愿洗冷水澡，工作慢慢腾腾，甚至还想要宠物，整天哭哭啼啼地找妈妈。不过我们会把她改造好的。"

圣诞老伯努力隐藏自己的恐惧："改造？"

克利帕先生带着圣诞老伯走过几条没有窗户的过道。

终于，他们到了。那是一个装着铁门的房间，门上开了一个小小的方窗，窗户上还安了铁条，跟牢房没什么两样。克利帕先生用钥匙打开了锁。

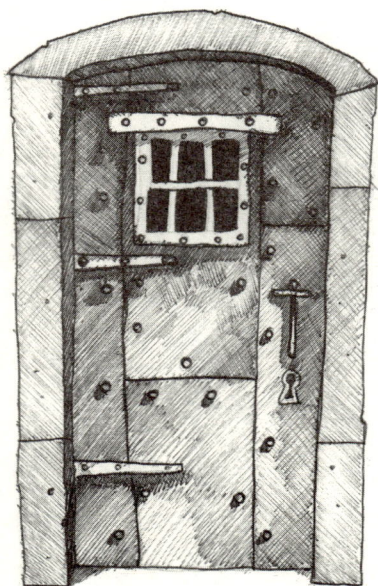

圣诞不快乐

米莉亚整整擦了三小时的地。克利帕先生希望地板在第二天早上之前变得干干净净。他十分热衷于看到干净的地板，但更热衷于折磨她。

她看着自己的双手，它们因为长期浸泡在肥皂水里而骨节酸痛。她知道，哭泣一点用都没有，现在她唯一的目标就是忘掉所有的感觉——既然除了痛苦之外什么也感觉不到，还要感觉有什么用呢？

"圣诞快乐。"她嘟哝着，真是个笑话！圣诞节一点都不快乐。事实上，今年和去年的圣诞节恰好是她这辈子最痛苦的日子。

不，今年的圣诞节她不会再感到痛苦了，因为她即将放弃所有的感觉。

"我什么也感觉不到。"她对自己说。但令她害怕的是，一颗大大的眼泪从脸

上滑落，"扑通"一声落进了眼前的肥皂水里。

她用手背擦擦眼睛，努力想要忘掉两年前那个充满魔力的早晨——一觉醒来，看到床尾的长袜里装满了礼物。再也没有什么东西比永远无法重现的快乐回忆更让人伤心的了。

那一刻，她恨极了圣诞老伯，就像恨克利帕先生一样。圣诞老伯让她知道魔法是真实存在的，可要是魔法不能给你真正想要的东西，它的存在还有什么意义呢？

这时候，她听到钥匙在门锁里转动的声音。紧接着，一个熟悉的声音从她身后传来。"站起来，艾米莉亚。"克利帕先生喝道。

艾米莉亚太累太虚弱了，除了顺从之外什么也做不了。

"转过来。"

她转过了身，看见克利帕先生身边站着另外一个人。这个人穿着一条小了不止一号的裤子和一件长外套，留着一丛白茫茫的大胡子。这个奇怪的男人正在对她微笑，那笑容和克利帕先生脸上的假笑完全不同。她已经忘记笑是一种什么样的感觉了。

"你好。"他温柔地说。艾米莉亚没有回答。克利帕先生冲她大吼："回答这位先生，你这个粗鲁的女孩！"那男人被吓了一跳。

艾米莉亚回头瞪了克利帕先生一眼，冰冷的眼神简直能让水结冰。但克利帕先生不是水做的。他的身体里甚至没有血肉，只有一张皮、一副骨架，还有憎恨。所以，冰冷的瞪视对他来说起不了任何作用。

"没关系的。"那个男人说。

"不，梦芯先生，这很有关系。"

"你好。"艾米莉亚突兀地冒出一句。她讨厌自己的声音。那一声"你好"就像一个软绵绵的、颤抖的小东西，刚一出现就消失在空气中。大胡子的男人忧伤地看着她。

她喜欢这个人，喜欢他那条傻里傻气的裤子，但她怎么可能信任他呢？在这样一个深夜，他和克利帕先生到底在这里干些什么？而且这不是一个普通的夜

晚，今天是平安夜。

"先生！"克利帕先生大喊，"你好，先生！"

"别这样，"圣诞老伯忍不住了，"请别这样对她说
话，她还是个孩子。"

克利帕先生眯起了眼睛，开始打量这个男人。艾
米莉亚认出了克利帕先生脸上的表情，那代表着怀疑。

"梦芯先生，我能否冒昧地问一下您的全名？"

圣诞老伯犹豫了一会儿，除了自己的真名之外什
么也想不出来。

"尼古拉斯。"他说。

"尼古拉斯·梦芯？真是有趣。我的名字叫耶利米，
耶利米·克利帕。现在，既然我们都已经知道了对方
的全名，我就不想再对您有所隐瞒了。一个孩子必须
学会礼貌和纪律，还有……"

"还有快乐、欢笑和玩耍，人生的三大要素。"

"你到底是哪门子的济贫院巡查官？"

"有良心的那种。"圣诞老伯答道，两眼直视着克
利帕先生，表情严肃。艾米莉亚看着圣诞老伯。她又

累又饿，肥皂水让她的皮肤发痒，但她的脑子里有什么东西在"嘀嗒"作响。"嘀嗒"，"嘀嗒"，"嘀嗒"。

尼古拉斯。

这个名字似曾相识。她用力地想了好一会儿，意识到自己从来没见过一个名叫尼古拉斯的人，但冥冥之中有一种奇怪的感觉，告诉她眼前的这个人并不陌生，只是不知道该从何想起。

"告诉我，克利帕先生，这个女孩为什么会在这儿，而不是在她的宿舍里？"

"因为她想从窗户里爬出去，被我抓了回来。"克利帕先生说。

"说实话，我对此并不感到意外。"

"她想逃跑，我们只好把她关在这儿。为了给她点教训，我们不让她吃饭，只给她面包渣和水。"

艾米莉亚注意到，这个男人——这个"尼古拉斯·梦芯"——整张脸涨得通红。

"所以你觉得把她锁在地下室的牢房里就能让她不想逃跑了？"他质问道，嘴里一个字一个字往外蹦。

"我才不在乎她是怎么想的，"克利帕先生说，"谁会在乎一个孩子想要什么，重要的是她值多少钱。我可以告诉你，这个女孩我早就认识了，她妈妈根本不知道怎么管教她，让她安逸惯了。而她不过就是个扫烟囱的，粗鲁又下贱，就跟那些烟囱一样肮脏。大概是因为一直待在煤灰里，连灵魂都被染黑了。"

这番话把艾米莉亚气得半死，一股怒火冲上脑门，仿佛一把刷子从壁炉升上烟囱。她自打出生以来从没享受过安逸的生活，克利帕先生竟然把她说得像是年轻的维多利亚女王。

妈妈都已经不在人世了，无法再为自己辩护，他却还要这样指责妈妈！

这时候，穿紧身裤的梦芯先生直视着艾米莉亚的眼睛，说了一句相当奇怪的话：

"噢，这可说不好，克利帕先生，就算一直生活在煤灰堆里，你也可以当一个船长。"

毫无疑问，他是在向她发出信号。说到"煤灰"和"船长"这两个词的时候，他的声音明显提高了，这一定是在告诉她，他认识煤灰船长！

紧接着发生了一件更加奇怪的事情——他瞬间转移了。这个男人瞬间转移了。他没有抬腿，也没有走路，没有人看见他是怎么做到的。他刚刚还站在那儿，下一秒就已经到了一米之外。奇怪的还不止这一点。在那一秒钟的时间里，他在艾米莉亚的耳边轻声说了一句："其实我不是梦芯先生，我是圣诞老伯，是来帮你逃跑的。"艾米莉亚几乎要以为自己出现幻觉了。

他似乎还提高嗓门呼叫了他的驯鹿——布利赞。

但时间明明只过去了一秒钟，怎么可能发生这么多的事情？

"梦芯先生，你可真是个怪人。"克利帕先生一边说一边冷笑。

"是的，"艾米莉亚开口了，试图给圣诞老伯一个暗示，"就像一个船长，我明白。"

艾米莉亚一边说一边盯着圣诞老伯，试图用眼神传递一个信息：你必须帮我离开，这里太可怕了，我一秒钟也待不下去！

圣诞老伯十分擅长解读别人的眼神。

"好啦，梦芯先生，我看你已经看得够多了！"克利帕先生说，"咱们去检查别的地方吧，怎么样？"

艾米莉亚一想到自己又要被独自留在这个地牢里，就感到胃部传来一种下坠般的绝望感。她意识到，自己以为已经死掉的某种东西其实依然活在心底。

希望。

逃跑的希望。

过上好日子的希望。

找到煤灰船长的希望。

重新找回快乐的希望。

圣诞老伯似乎理解了这一切，他对艾米莉亚眨了眨眼睛。那动作非常微妙，克利帕先生是注意不到的。但他确实眨了眨眼睛，仿佛在说："就是现在。"

克利帕先生的鞋带

圣诞老伯指着克利帕先生的鞋子说："看，你的鞋带散了。"

克利帕先生皱了皱眉，低头去看："这不可能，我的鞋带一直打两个结，从来没散过。不过，你说得没错，确实散了……艾米莉亚，过来给我系鞋带！"

艾米莉亚犹豫了一会儿，想想还是蹲了下来，为克利帕先生系好了鞋带。就在圣诞老伯思考接下来该怎么办的时候，艾米莉亚迅速起身，用尽全力狠狠推了克利帕先生一把，趁他摔倒在地的时候奋力冲出房门。

"抓住她！"克利帕先生尖叫起来，"快给我抓住她！"

艾米莉亚在过道里一路狂奔，朝楼梯的方向跑去。克利帕先生站起

来想去追她，不料又摔了个大马趴。原来，他的两根鞋带被绑在了一起。一大串钥匙从他口袋里飞了出来，落在圣诞老伯的脚边。

"那个臭丫头！"他大喊道，"我告诉过你她有多野蛮！快给我抓住她！"

"你在这儿等着吧，克利帕先生，我去追她。"圣诞老伯弯下腰，捡起了那串钥匙。

"你要干什么？"克利帕先生哀号起来。

已经太晚了。圣诞老伯一把关上门，用钥匙把门锁了起来。

"梦芯先生，梦芯先生，我命令你立刻给我把门打开！你听见了吗？梦芯先生！"克利帕隔着铁窗朝外面尖声大叫。

"其实我并不是梦芯先生。我的名字叫圣诞老伯，很高兴认识你。"

克利帕先生发出一声带着哭腔和怒火的尖叫："啊啊啊啊啊啊！霍博！我在地下室里！快把我弄出去！"

逃跑的女孩！

艾米莉亚不停地奔跑，上了楼梯，穿过走廊。她知道，克利帕先生的手下在值夜班，整夜都有人巡逻，所以她边跑边留意四周。她希望圣诞老伯能站在自己这边，可他曾经让她失望过一次，谁知道这次又会怎样呢？她一心只想逃出去。她跑过一个又一个宿舍，知道自己一步都不能停。

艾米莉亚跑进餐厅，刚冲到厨房门口，就在这时……

"抓住了！你这野蛮的坏东西！"夏普太太一把扭住她的胳膊，"竟敢从禁闭室逃跑，哼？克利帕先生，我抓到一个逃跑的孩子，克利帕先生！"

艾米莉亚扭动着身子，努力想要挣脱，但夏普太太手劲儿非常大，嗓门也是。她开始大喊大叫，恨不得把整个济贫院的人都吵醒。

"有人逃跑啦！有人逃跑啦！大家都给我醒醒！快来帮帮我！"

突然，艾米莉亚发现胳膊被松开了。她扭头一看，只见夏普太太的头变成了一个汤锅。是厨房女佣玛丽！她把一整锅馊粥泼到了夏普太太头上，那锅子正好把她从头到肩牢牢套住，黏糊糊的灰色液体溅得到处都是。艾米莉亚总算逃脱了束缚。

"放我出去！"夏普太太尖叫起来，"把这该死的锅子给我拿走！"

她的声音传到锅子外面只剩下了一连串含含糊糊的"咕嘟"声，没人能听清她到底在说些什么。她摇摇晃晃地走来走去，不停地撞到这个，撞到那个，最后在一摊馊粥上滑了一跤,头上的锅子发出"哐嘟哐嘟"的巨响。

"谢谢你，玛丽！"艾米莉亚感激地说。

玛丽摇摇头："现在不是道谢的时候！"

艾米莉亚听到脚步声，刚要转身逃跑，突然发现来人正是圣诞老伯。

　"霍博

把克利帕先生

放出来了，"他上气

不接下气地说，"我们必须赶快离开这儿。"

玛丽笑了起来："这恐怕有点困难。我们就在这儿
等着，把他们引到厨房里来吧，我做了些小小的准备！"

霍博和克利帕先生顺着夏普太太弄出来的哐当声
朝餐厅赶来，脚步发出"咚咚"的回声，就像打雷一样。

一看到他们出现，玛丽、圣诞老伯和艾米莉亚就
跑进了厨房。

"站在门后！"玛丽发令。

圣诞老伯和艾米莉亚全都乖乖照做。艾米莉亚吃
惊地发现，厨房的地板亮得出奇，就算是在克利帕先
生的济贫院里也显得很不寻常。她看了看玛丽，耳边

的脚步声更近了。

"克利帕先生喜欢我们把东西擦得又光又亮，所以我就用他最喜欢的黄油把地板全抹了一遍，看它够不够亮。"玛丽小声解释道。

接下来发生的事情只能用滑稽到家来形容，连圣诞老伯都忍不住"呵，呵，呵"地大笑了好一会儿：克利帕先生和霍博同时踏进厨房，刚迈开第一步就再也停不下来了。他们在涂满黄油的地板上滑到这儿，滑到那儿，完全控制不住自己。

"啊啊啊啊啊啊啊啊！"克利帕先生放声大叫。

"啊啊啊啊啊啊啊啊！"霍博先生放声大叫。

霍博先生好不容易站了起来，又摔了个四脚朝天。克利帕先生总算还有一根手杖支撑，终于摇摇晃晃地站了起来。

"等着瞧吧！"玛丽也哈哈大笑，"好事还在后头呢。"她说着，解开了一个绳结，一个把手开始飞速旋转，紧接着一块巨大的粉色火腿从天花板上"咻"的一声飞下来，正好砸中克利帕先生的脑袋。随着"砰"

的一声钝响，高礼帽被砸成了扁扁一片，克利帕先生应声倒地。两个人四手四脚在地上无助地扭动，活像一只皱巴巴的蜘蛛在垂死挣扎。

"快！"玛丽对圣诞老伯和艾米莉亚说，"你们俩趁现在赶快走！"

艾米莉亚的最后一跃

这时候，又有人赶到了餐厅。夏普太太总算把头上的汤锅拿掉了，但身上依然淌着馊粥。她愤怒地大叫："快，抓住那个女孩！"

一群听话的仆人冲上去守住了最近的一扇门。"那边出不去了，孩子。"玛丽对艾米莉亚说，"你是扫烟囱的，对吧，也许从壁炉里出去是你最好的选择。"

但圣诞老伯想起了熊熊燃烧的炉火，还有守在壁炉边的三个男孩："不，不行。"

艾米莉亚只好继续奔跑。她从好几双试图抓住她的手中奋力挣脱，一路向前。

克利帕先生的声音响彻整个餐厅："抓住那个女孩！都给我抓！住！她！立刻！"

"我们该怎么办？"玛丽焦急地问圣诞老伯。

在一片混乱之中，圣诞老伯听到了一阵轻柔的"嗒嗒"声——是从屋顶传来的。

只有圣诞老伯才知道那声音意味着什么，因为他已经听到过无数、无数次了。

那是驯鹿的蹄子踏在屋顶上的声音。

"我的驯鹿们。"他轻轻地对自己说。

艾米莉亚很想知道，这种情况下煤灰船长会怎么做。她一直相信猫咪比人类更聪明，至少是在逃跑这件事上。她猜煤灰船长会跳上桌子，于是她也这么做了。她跳到了离自己最近的一排桌子上，迈开双腿，从一张桌子跳到另一张桌子。

"我什么也看不见，先生，这儿人太多了，又暗得像个烟囱。"霍博说。

但克利帕先生在黑暗中看得一清二楚，就像白天一样。

"在那儿！"他说，"在桌子上！快看，她

在跑！她想从那边的门逃出去，快去守住那扇门。"

"别担心，克利帕先生，我已经把门锁上了。"霍博说着，得意地举起一大串铁钥匙。

"干得好，霍博。"

艾米莉亚冲到门前，发现它已经被锁上了。她毫不犹豫地拿肩膀去撞门，希望能把它撞开。

"开门，"她说，"快开门啊，快……"

餐厅里的每个人都想抓住她，想在克利帕先生面前立功。站在她这边的只有玛丽和圣……

就在这时，她发现圣诞老伯正朝反方向跑去，眼看着已经到了餐厅的另一边，背对着众人，越跑越远。

唉，他又一次让她失望了。

这本来就是意料之中的事，她还能指望什么呢？怒火就像滚烫的岩浆般将她淹没，她用力捶打着眼前的大门，心情跌到谷底。拳头一下又一下地砸在门上，梆，梆，梆。

艾米莉亚无能为力。克利帕先生那瘦骨嶙峋、闻起来有一股火腿味的瘦手抓住了她的肩膀，"你是出不去的。"他说，脸上挂着极端扭曲的微笑。

"梆，梆，梆，梆，梆，梆，梆，梆，梆。"

终于，她放弃了。

克利帕先生点点头，感到十分满意："看你还敢逃跑。"

跑路的圣诞老伯

餐厅里人声嘈杂，圣诞老伯没法跟艾米莉亚解释自己的计划。眼看着整个济贫院的人都朝艾米莉亚跑——不对——冲去，他发现只有从餐厅的另一边出去才是上策。不过呢，从那个方向走就必须经过面包房，也就是三个男孩守着壁炉的地方。

"发生了什么事？"一个贼眉鼠目的高个子男孩问道，就是手拿拨火棍的那个。

圣诞老伯反应很快："是圣诞老伯来了！就在餐厅里，大家都在抓他。快去吧，孩子们，不然克利帕先生一定会对你们三个大发雷霆的……"

男孩们你看看我，我看看你，脸色变得煞白。终于，他们点了点头，消失在过道里。

圣诞老伯咯咯一笑，又崩掉了一粒裤扣。但接下来他又面临着另外一个问题：炉火熊熊燃烧，他要怎样才能让自己完好无损地爬进壁炉，穿过烟囱，而不被烧伤呢？

正在这时，他看到一股亮晶晶的水流从壁炉上方流了下来，正好浇在火苗上，炉火慢慢地熄灭了。

圣诞老伯盯着吱啦作响的煤块和那股黄色的水流，心里很清楚那是什么。是驯鹿尿。而且从颜色来判断，很有可能是布利赞的尿。

壁炉很宽敞，圣诞老伯记得那是一个很大的烟囱，所以应该不用太多的魔法就可以爬上去。他弯下腰，站在温热潮湿的煤块上，尽最大的努力不去触碰潮湿的烟囱内壁，然后闭上了眼睛。他停止了思考，一心一意地希望自己立刻出现在屋顶上，和他的驯鹿们站在一起。过了一秒钟，他的愿望成真了。他站在屋顶上，他的八头驯鹿站在一起，当然，还有那闪闪发亮的红色雪橇。

"你们好，我的美人们！"他高兴地喊着，手脚并用地爬上了雪橇。希望刻度表明显比之前明亮得多。"快，快，快，我们得去救人。"

艾米莉亚被克利帕先生死死扭住，但她看见玛丽正从两排桌子中间冲过来，冲向自己，冲向霍博先生，冲向克利帕先生。她一手挥舞着一口锅子，一路像个风车似的呼啸前进。

　　"拦住她，霍博！"克利帕先生慌忙下令。

　　霍博先生立马挡在过道中央。

　　"挥舞锅子的女士来啦！"玛丽大喊一声，抓着锅子的手向后一甩，在半空中划过一道完美的弧线，结结实实地拍在霍博先生的脸上。霍博先生整个人飞了起来。下一秒，玛丽已经站在了克利帕先生的面前。

"放下那该死的锅子，温特斯太太。"

"是小姐，温特斯小姐，我还没找到心上人呢。"

这时候，那个贼眉鼠目的男孩从后面悄悄地靠近了玛丽。克利帕先生朝他使了个眼色，他冲上去一把抓住玛丽手里的锅子，硬生生地把它拽了下来。

"我真后悔给你的粥里加糖，小彼得……"

"你知道自己是在犯大错吧，温特斯小姐。"克利帕先生说，"用锅子打人，在地板上抹黄油，还用一块大火腿企图谋杀我。"

"呵呵，说到犯罪你才是行家，克利帕先生。"玛丽从彼得手里一把抢回她的锅子，彼得一个站不稳摔倒在地，"这地方到处都是罪恶，把人像囚犯一样锁起来是不对的。我再也不会为你工作了。"

"我让这些人有了家，不然他们通通都要流落街头！"

"你只是喜欢享受权力的滋味而已。"她说。

"你是个魔鬼。"艾米莉亚忍不住大叫起来，用力扭动自己的身体，努力想从他手里挣脱出来。

"没错，我就是喜欢权力，喜欢清扫这个社会上的垃圾，喜欢保持秩序，让你们知道什么叫作礼貌，什么叫作尊重……"克利帕先生咆哮起来，"玛丽，你会被警察抓起来的。至于艾米莉亚，法律规定你是属于我的，这里的每个孩子都属于我。你们放心，我会花一辈子的时间让你们在这里的每一天都过得生不如死！"

"去死吧！"艾米莉亚大叫一声。她从来没有如此恨一个人。她抬起一只脚，用尽全身的力气，狠狠地跺在克利帕的脚上。

"啊啊啊啊！"他把指甲深深嵌进她的胳膊，用力想把她拖走。

这时候……

门的那边传来了一个声音。显然不是艾米莉亚发出来的，因为她正被克利帕先生拖去相反的方向。克利帕先生也听到了这个声音。

"什么鬼东西？"

"轰隆！"

那声音又来了。

很显然，无论那撞门的是什么东西，那声音都是来自外面，而非里面。

驯鹿来了

"**谁**在那儿？"克利帕先生问。他没有得到回应，于是拖着艾米莉亚一起靠到了门边上。这是一个错误，因为就在这时，一个尖尖的东西刺穿了木门，正好撞到克利帕先生的脑袋。他感到一阵头晕目眩，整个人摔倒在地上，连手杖都扔掉了，艾米莉亚趁机从他手里挣脱出来。

"这是什么东西？"玛丽不解地喃喃自语。

"是一棵树。"霍博先生说，"一棵会动的树。"

克利帕先生挣扎着想要站起来："才不是什么树，你这个蠢货，那是鹿角！"

门"砰"的一声打开了。圣诞老伯站在门口，身上穿着他的红外套，头上戴着他的红帽子，驯鹿和雪橇在他的身后。

所有人都倒吸了一口气。克利帕先生用力抓住手杖，缓缓地站了起来。

"是圣诞老伯。"一个孩子窃窃私语。很快，这种窃窃私语就像流行感冒一样传遍了整个大厅。

"艾米莉亚！"圣诞老伯大喊一声，"是时候再一次相信魔法了！"

希望刻度表瞬间闪耀起来，艾米莉亚奋力地朝雪橇跑去。圣诞老伯后退了一步，看了看雪橇上的时钟。

现在是妖精时间的"夜晚过半"，人类时间的凌晨三点。

艾米莉亚的肚子里有一百个问题，但现在根本没有时间提问。她知道，眼前的雪橇解答了她之前所有关于魔法的疑问，于是她一个箭步跳了上去。

"抓住她！"克利帕先生一边大喊，一边在女孩身后跌跌撞撞地追赶。

"艾米莉亚,快按时钟旁边的按钮。"圣诞老伯说着，自己跑进了大厅去救玛丽，"现在就按！"

艾米莉亚不知道他说的是哪个按钮，于是胡乱按了个"起飞"键。雪橇慢慢升了起来，在半空中摇摇晃晃地盘旋。克利帕先生伸出他的手杖，试图把雪橇拽下来。

"另外一个！"圣诞老伯大叫起来，"印着'停止'的按钮！"

大厅里一片混乱，一大堆人跑来围堵圣诞老伯。一根滚烫的拨火棍朝他飞来，眼看就要打中他的脑

袋——躲不过去了。突然，拨火棍停在了半空中，距离圣诞老伯的鼻子只有一毫米远。事实上，大厅里的一切都停了下来。

圣诞老伯弯腰避开空中的拨火棍，在静止的人群中左闪右避，终于来到了玛丽身边。她正挥舞着锅子准备给霍博先生再来一下，此时正保持着这个姿势一动不动。圣诞老伯把她抱了起来。

没错，圣诞老伯抱起了这个玫瑰色脸颊的老女仆，将她像一卷地毯似的放在自己的肩膀上，大摇大摆地走出餐厅，然后把她放在雪橇后座上。刚一接触雪橇，玛丽就动了起来。先是两只脚，接着是两条腿，它们扭动起来，就像在船上扭动的鱼。终于，她整个人都能动了，抓着锅子的那只手顺势朝圣诞老伯甩来，再一次给了他当头一击。

过了一会儿她才意识到自己在哪里，打的又是谁。

"嗷，我的老天，真对不起，我都成习惯了。"她一边说，一边打量着雪橇，"哇，我得说，这可真漂亮。"

"你说得没错。"圣诞老伯说，"我们该离开这儿了。"

煤灰船长的回归

"**你**相信吗？"圣诞老伯问艾米莉亚。从他急切的眼神中可以看出，这显然是一个十分重要的问题。

"相信什么？"她很想知道。

"相信无限的可能。"

在这样的一个时刻，在济贫院外面，她超越了时间的限制，坐在一个飘浮在半空中的闪闪发亮的红色雪橇中，坐在圣诞老伯的身边，她知道，这个问题的答案只有一个："我相信。"她注意到仪表盘上有一个小小的玻璃半球，里面那些蓝绿色、紫罗兰色的光团把她彻底迷住了。那光芒越来越耀眼，就在她说出"我相信无限的可能"这句话时，仿佛一个小宇宙突然间焕发了生命。

一股突如其来的冲动袭遍全身，她急切地想要再见见煤灰船长。这时，身边的袋子里有什么东西动了一下。紧接着，她听到一个熟悉的声音："喵。"

"我去拜访了狄更斯先生。"圣诞老伯对她说。艾米莉亚那毛茸茸的小朋友轻手轻脚地从无限空间袋里爬了出来。

"煤灰船长！"

猫咪金色的眼睛在看见艾米莉亚的那一刻绽放出耀眼的光芒。它轻盈地跳到小主人身上，伸出两只前爪搭在她的肩头，忘我地舔着她的脸颊，仿佛那是一块香甜的奶酪。

"我说过不许舔我的脸！你又不是狗！"艾米莉亚开心地大笑起来，感觉到猫咪的身体贴在自己胸口传来令人安心的温度，它发出一串舒服的咕噜声。

她闭上眼睛，亲了亲煤灰船长毛茸茸的小脑袋，用力去嗅它那好闻的皮毛。这一刻，她意识到，这个世界上确实一切都有可能发生。找回这种感觉是多么地美好！也许再也没有比这更美好的事情了。

克利帕先生的手指

雪橇在空中越飞越高，整个伦敦都尽收眼底，玛丽瞪大了双眼，简直不敢相信眼前的一切。

"噢，我的老天，圣诞先生，我们这是要去哪儿？"她问圣诞老伯。

"去拯救圣诞节。"事实的确如此。

他们要保持时间静止，把礼物送到全世界每一个孩子的家里。圣诞老伯指挥着驯鹿们，飞到了更高的天空。艾米莉亚和煤灰船长朝下张望，只见济贫院和那些凝固在时间里的人们都变得越来越小。突然，艾米莉亚看到了一样东西，吓得她差点跳起来。

两根骨瘦如柴的长手指死死地扣在雪橇边缘。她探出头去，看见了克利帕先生的脑袋。由于他全身上下只有手指接触到雪橇，所以整个人依然处于静止状态。她盯着他看了一会儿，就是这个人害她度过了人生中最悲惨的一年。他的脸上写满了愤怒，但同时又因为恐惧而双目圆睁。（和所有的恶霸一样，克利帕先生内心深处其实是个胆小鬼。）圣诞老伯和玛丽正忙着讨论驯鹿的话题，艾米莉亚觉得自己必须做点什么。她把克利帕先生那唯一可以活动的几根手指一根一根地掰开，让他整个人悬浮在半空中，此时他距离泰晤士河差不多有半英里。

她回头看着这滑稽的一幕，忍不住哈哈大笑起来。

圣诞老伯听到了笑声，看见了克利帕先生的惨样，倒吸了一口气："我的老天！"

艾米莉亚笑着耸了耸肩，手指已经移到了"启动时间"的按钮上方。

"好吧，那就按吧。"

艾米莉亚快乐地按下了按钮。克利帕先生尖叫着摔了下去，两条手臂在空中无助地乱抓。终于，他扑通一声掉进了泰晤士河，溅起一大片水花。

煤灰船长在雪橇上喵喵叫："这一下是为了我的曾祖父汤姆，叫你总是踩他的尾巴！"

艾米莉亚当然听不懂猫咪的话，但她还是轻轻地抚摩它，亲了亲它的脑袋。煤灰船长扭过头，伸出粗糙的舌头不停地舔她的脸蛋。

　　接下来，他们要飞往世界各地，把礼物放进每一个孩子的长袜里。

　　圣诞老伯开始向大家介绍他的驯鹿。

　　"左边从前面数第二个，是彗星，他的额头上有一条白色的花纹……那边黑色的那个是老巫婆，她可神秘了，就连我都不是很了解她……那个是跳跳，十足的淘气包……那个是冲锋者，没有他咱们飞不了这么快……这是丘比特和舞蹈家，一对小情侣……最前面的是多纳，他很敏感，但非常可靠，是最棒的领航者……最后是布利赞，他是所有驯鹿中最强壮的一个，只不过上厕所的习惯不太好……他是我最好的驯鹿朋友，我们交情可深了。"

　　"在这么冷的地方能有个朋友可真棒呀！"玛丽说。

　　"嗯，如果能有个人类朋友就更好了。"

　　听了这话，玛丽的脸腾地变成了粉红色："可不是吗！"

　　"好啦！"圣诞老伯欢呼一声，回到雪橇前排舒服的皮椅上，坐在玛丽身边，"准备好周游世界了吗？"

　　"准备好啦！"玛丽兴奋地回答，"我一直想去康沃尔看看。"

　　"呵，呵，呵！我们要去的地方可比康沃尔远多啦！"

沃多老伯的消息

托普老伯放下电话机，离开了玩具工厂，急匆匆地跑向村公所。他得去看看奴熙和小米姆回来了没有。还没来得及打开那扇又矮又重的大木门，他就听到了里面传来的音乐声和欢笑声。似乎整个妖精堡的妖精们都聚在了这里，随着雪橇铃铛乐队的旋律大跳塞克舞。空气中充满了肉桂和姜味饼的香味。

乐队正在演奏升调的《你的爱闻起来就像姜味饼》，每个妖精都在欢笑，鼓掌，扭动腰肢。好吧，并不是每一个——哼哼正独自坐在一张小小的红凳子上发呆。

"已经把整个玩具工厂都找遍了吗？"哼哼急不可耐地问。托普老伯在他身边找了张凳子坐下。他们身后的长桌上摆满了圣诞美食，有姜味饼、酸梅汤、果酱派、巧克力币，还有云莓派。但他突然感到很伤心——

要是小米姆在这儿就好了，他最喜欢吃这些点心。

"是的，我吩咐大家把整个工厂翻了个底朝天。我想他们一定是出去玩了。"

"我不明白这到底是怎么回事。小米姆一直盼着来玩具工厂，奴熙又那么喜欢圣诞节。"托普老伯发现哼哼的双手在不住地颤抖，显然是担心坏了。

"他们没、没在家里，"哼哼的声音颤抖起来，"也没在驯鹿场，没在逛街，没在溜冰……你说我们是不是该给圣诞老伯打个电话？"他低下头，摆弄起自己的袖口来。

托普老伯知道他早晚都会提这个问题。毕竟，只有圣诞老伯和他的驯鹿们能来个空中搜索，而且他一个人的魔法比整个妖精堡所有妖精加起来的还要多。但托普老伯知道，要是他把这事儿告诉圣诞老伯，圣诞节就又得被迫取消了。

"我……"

托普老伯注意到，黑胡子的沃多老伯正穿过人群走来，活像一朵暴风雨中的乌云。他笔直地朝他们走来，

看起来一脸紧迫，就差没在额头上写"紧迫"这两个字了。

"发生了什么事，沃多老伯？"

"是奴熙，"他看上去非常担心，这本身就让人觉得不对劲，因为沃多老伯已经有五十一年没有露出过担心的表情了，"她在我的办公室里留了一张字条，说她去了巨怪山谷。"

哼哼惊得下巴都要掉了："什、什、什么？为、为、为、为什么？"

沃多老伯耸耸肩："我猜她大概是想在圣诞节写一篇巨怪专访吧。奴熙是个野心勃勃的姑娘，一直想跟波顿换工作。正好现在波顿怕得连家门都不敢出，你妻子想必是觉得老是采访驯鹿太大材小用了。"

哼哼哭了起来，抖得更厉害了。

"好啦，好啦，"沃多老伯试图安慰他，"要是她真去了巨怪山谷，也只有百分之八十八的机率会死得很惨而已。"

"嗷，不。"哼哼大哭起来，一连重复了二十七遍，接着他突然想到他的儿子，"那小米姆呢，小米姆该不会也跟她一起去了吧！我的老天，这简直是个噩梦！我们到底该怎么办？"

"小米姆？"沃多老伯吃惊地瞪大了眼睛，"我也不知道他去了哪里。"

托普老伯努力地在音乐声中集中精神思考——雪橇铃铛乐队刚推出了一首新歌，唱的是雪橇艺术学校新来的红鼻子驯鹿。这时候，沃多老伯想到了一个主意，"快找圣诞老伯，"他说，"只有他才能救你的家人，哼哼。"

"那圣诞节怎么办？"托普老伯问。

"圣诞节！"沃多老伯叫起来，"你难道真觉得圣诞节比你曾曾曾曾曾孙女和她儿子的命还重要？"

"不，不，当然不是。"

"很好，那就快给他打电话吧。"沃多老伯话音未落，就被布里尔大娘拉进了舞池，就剩下托普老伯一个人了。哼哼一脸期待地看着他。

艾米莉亚的怒气

米莉亚惊讶地看着下面的世界，风把她的头发吹到脑后，她轻柔地抚摩着煤灰船长，一言不发，不是因为脑子里什么也不想，而是因为想的东西太多太多。她的大脑正在飞速运转，各种情绪像龙卷风般疯狂地旋转——解脱，快乐，悲伤，感激，痛苦，害怕，憧憬，愤怒，其中最强烈的一种是想家。她想的显然不是济贫院，甚至都不是海博达榭利街99号的家。她知道，现在那里肯定住着别的人，而且即便没有人住在那儿，房子也只是房子而已。不，她想的不是一个地方，而是一段时光。或许这根本就不算想家。或许这应该算思旧。她想念那些过去的时光——在她还只有七岁、六岁、五岁、四岁的时候，在她还不懂得这个世界上的种种险恶的时候。她最想念的，是妈妈。

圣诞老伯指着希望刻度表说:"它现在之所以这么亮,是多亏了你呀。"他们正飞过普鲁士上空——大概就是现在德国所在的位置。"因为你再一次相信了魔法。你看,你是我拜访的第一个孩子,因为你是最充满希望的一个。你相信无限的可能,这是非常罕见的,即便是对小孩子来说也是。现在,你又开始相信了。所以你看,有时候只要有一个小孩子相信魔法——全心全意地相信——就可以让这个宇宙恢复秩序。希望是梦芯咒的来源,妖精魔法离不开梦芯咒。"

"您是怎么获得魔法的呢?"艾米莉亚问道。

圣诞老伯看着她好奇的大眼睛,它们就像两个小小星球般闪闪发光。

"我……我曾经快死掉了,已经完全放弃了希望。但妖精们给我施了梦芯咒,所以我又活了过来。从那以后,我就有了魔法。正因如此,我才能看见妖精们住的地方,因为我突然间相信了魔法,就像你现在一样……我本来差点死在大山里,但我得到了第二次机会。"刚说完,他就意识到这是一个错误——两滴大大的眼泪出现在艾米莉亚的眼睛里，她看起来伤心极了。

不，事实上，艾米莉亚非常愤怒。她感到愤怒就像火山的岩浆般在她体内升起，突然从口中喷发了出来："为什么你不给我妈妈施梦芯咒？为什么你不来救她？我什么礼物也不想要，只有那一个愿望！我是那

么地相信你，你却没有做到！"

玛丽试着安抚艾米莉亚，伸出一只手搭在她的肩上："听着，艾米莉亚，你经历的这一切确实很糟糕——完全是个悲剧，但这不是圣诞先生的错。"

艾米莉亚平静了一点，她知道玛丽说得没错，但

她就是无法抑制心中的愤怒。

"我很抱歉，艾米莉亚，"圣诞老伯柔声说，"我收到了你的信，但我被施梦芯咒的时候是在大山的另一边，比北极光还要远的地方，早已不在人类的世界了……去年圣诞节我无论如何都没法飞到你身边，因为妖精堡发生了巨怪袭击，空气中的魔法……"

"对不起，我只是……太想她了。"艾米莉亚说。

"可不是吗！"玛丽说着，忍不住为这个可怜的女孩流下了眼泪。

艾米莉亚的脑袋里装满了悲伤的想法，沉沉地压着她。她把头靠在玛丽的肩膀上，"真奇怪，"她说，"你爱一个人，这个人也爱你，然后她就走了，留下你一个人，那么这份爱会去哪儿呢？"

圣诞老伯思考了起来。他想到了自己的妈妈，她摔进一口井里，死了。几年后爸爸也死了，当时的他比艾米莉亚大不了几岁。他扭过头看着艾米莉亚，沉默了好一会儿。他对她感到非常抱歉，很想向她解释去年圣诞节为什么没能去找她，但他什么也说不出口。

他很想告诉她，魔法并不能带给我们想要的一切，但可以让人生变得更快乐一点。他觉得现在不是说这个的时候，于是他说了点别的。

"对一个人的爱永远不会消失，"他柔声说，"就算那个人离开了人世，我们也还拥有回忆。你看，艾米莉亚，爱永不消亡。我们爱一个人，那个人也爱我们，这种爱会永远地保留下来，保护着我们。爱远比生命更强大，它不会随着生命的结束而消亡。爱就在我们心中，我们爱的人也一样，他们一直活在我们的心中。"

艾米莉亚什么也没有说。她觉得自己只要一说话，眼泪就会汹涌而出。于是她决定让自己冷静一会儿。这很有效。接着，她注意到了希望刻度表。

"它为什么不亮了？"艾米莉亚不解地问。

这是真的。希望刻度表不再闪烁，只剩下了一缕微弱的紫光。时针又开始"嘀嗒"前进。圣诞老伯盯着仪表盘，玫瑰色的脸颊此刻像雪一样苍白。

他拿起话筒。

"你好，托普老伯。发生了什么事？我们已经救下了艾米莉亚，但希望刻度表还是不够亮。"

托普老伯叹了口气，这预示着坏消息的到来："奴熙出事了……"

巨怪山谷

在银色的月光下，奴熙翻过陡峭的山坡，顺利抵达巨怪山谷。她静悄悄地穿过雪地，小心翼翼地避开山羊骨架，跨过松散的岩石，偶尔看见一两个巨大的四趾脚印时还是会被吓一大跳。

她有一个计划。

一个非常简单的计划。

这个计划就是直接去采访巨怪之王厄古拉。

这个想法让她忍不住深吸一口气。但只要采访一结束，她就可以为《每日雪情》写出一篇有史以来最棒的稿子。再说了，沃多老伯也说过，巨怪从没想过要杀死妖精。可她忍不住又想起去年圣诞节的时候那只来自地下，还抓住了哼哼的巨手。没错，哼哼是还活着，可现在回想起来，要是没有那块肥皂，后果简直不堪设想。

厄古拉是最强大的巨怪，她的权力凌驾于所有的尤特怪和尤伯怪之上。她之所以成为巨怪之王，就是因为她举世无双的大个子。这就是巨怪的法则——谁的个子越大，谁的权力也就越大，就能吃到更多的烤山羊。

奴熙知道，厄古拉住在山谷的西边，最大的一座山中的洞穴里——《巨怪百科全书》上是这么写的。奴熙在学新闻的时候，把这本书翻来覆去读了四十九遍。

接着，走了好长一段路之后，她看见前方闪烁着橘黄色的光。

是篝火，就在山谷的中央。想要接近厄古拉的洞穴，就必须从这儿绕过去。篝火旁围满了大大小小的巨怪，有尤特怪，也有尤伯怪，漫山遍野都能看到他们巨大的影子。

他们一边抱着瓶子狂饮麦芽啤酒（瓶子比奴熙整个人还大），一边大嚼烤山羊肉。他们身上穿的是用山羊皮草草缝起来的褂子，声音震耳欲聋。不过这显然

不是为了庆祝圣诞节，只是因为他们天生就是大嗓门。他们在唱一首巨怪的经典曲目——《石头是我的好朋友》。

巨怪是一种相当愚蠢的生物，所以奴熙很容易地就悄悄靠近了他们，藏在一丛铰链草后面。歌声终于结束了，她听到巨怪们开始交谈起来。

"你还记得去年的圣诞节吗？"个子最小的巨怪问道，他只有一只眼睛。奴熙记得他，这是一只尤特怪，去年来袭的巨怪中的一员。

"记得啊，萨德，我们把妖精堡砸了个稀巴烂！对了，我们为啥这么做来着？"

"厄古拉叫我们做的。"萨德说。

"对哦，不过到底为啥？"

"不知道。"

"我们在这儿干啥？"

"等着。"

"等啥？"

"某样东西。"

他们在等待，奴熙想。突然，她有一种很坏的预感，就像一只老鼠正一步一步朝奶酪靠近，却突然意识到那块奶酪其实是个陷阱。他们到底在等谁？

奴熙倒吸一口冷气，来这里就是个天大的错误，我到底在想些什么？她就这么藏在灌木丛后面，听着这群巨怪用岩洞般粗糙的声音谈话，焦急地等待着问题的答案。没过多久，另外一个声音传来，将她的焦急变成了极度的惊恐。那是一个小小的、尖尖的声音，一个她再熟悉不过的声音。

"妈咪！"是小米姆。

巨怪的手心

奴熙腾地转身，只见小米姆孤零零地站在山谷中央。他穿着那件鲜红的袍子，看起来前所未有地娇小。他的脑袋微微歪向一边，两条手臂大大地张开，仿佛在期待一个拥抱。

"妈咪，我来啦！我一直跟着你的脚印呢！"

奴熙一秒钟都没耽误。她一个箭步冲过去，一把将儿子捞起来抱在怀里。但就在她把儿子捞起来的同时，有人也把她给捞了起来——把他们母子俩一起捞了起来。他们在空中急速上升。

三秒钟之后，奴熙眼前出现了一张巨大的脸——她这辈子从没见过这么大的脸。那是一只尤伯怪，鼻毛旺盛，表皮满是瘤子，还长着三只眼睛。中间的眼睛长在额头上，但并不是正中央，而是稍稍偏左，仿佛某个小孩子随便拼起来的玩具。

"对不起，妈咪。"小米姆轻声呜咽。他们被困在了巨怪的手心里。

奴熙温柔地抚摩着他的头发："都是我的错，小饼干。要是我不来这儿就好了。没事了，一切都会好起来的。"

真的会好起来吗？

奴熙承认，她从没听过一句比这更荒唐的话。他们此刻身处百米高空，差一点点就要被巨怪的大手捏扁，随时都有可能翘辫子。

但即便这样，奴熙依然尽最大的努力保持乐观。她向巨怪招了招手。

"我们不会伤害你们的。我和儿子只是想在圣诞节的晚上出来散个步，一不小心迷路了……"

巨怪一动不动地盯着他们。她的名字叫萨曼莎，鼻子上长了一个紫色的大瘤子，活像一个圣诞小球。现在，别的巨怪也靠了过来，总共有五个，要是你把一个双头巨怪的两个头都算上的话，就是六个。其中一个独眼巨怪开口了。

"这就是我们在等的东西。"是萨德。

奴熙决定实话实说："好吧，听着，我是一个记者，来自《每日雪情》。事实上，我是驯鹿记者，现在只是来做个调查，嗯，也不算什么正儿八经的调查……我只是想……其实是这么回事，我一点也不喜欢采访驯鹿，所以既然老板叫我来做巨怪专访，我就不想放弃这个好机会。我想知道去年圣诞节到底是怎么回事。我发现那其实并不是你们的错，你们是爱好和平的生物，只是那些会飞的故事精灵……"

正在这时，一只长着四个翅膀的生物在她头顶飞过——一只会飞的故事精灵。他飞到巨怪的耳边轻声说了几句。不管说了什么，肯定不是什么好话。

"你是来杀我们的。"萨曼莎说着，手掌握得更紧了。

"不，才不是这么回事！"奴熙大叫起来，"看看我们，我和我儿子怎么可能杀得了一个巨怪，想想吧！"

"我们不喜欢想东西，"萨德一边说一边挠头，"想东西让我们头疼。"

"妈咪！我害怕！"小米姆大哭起来。

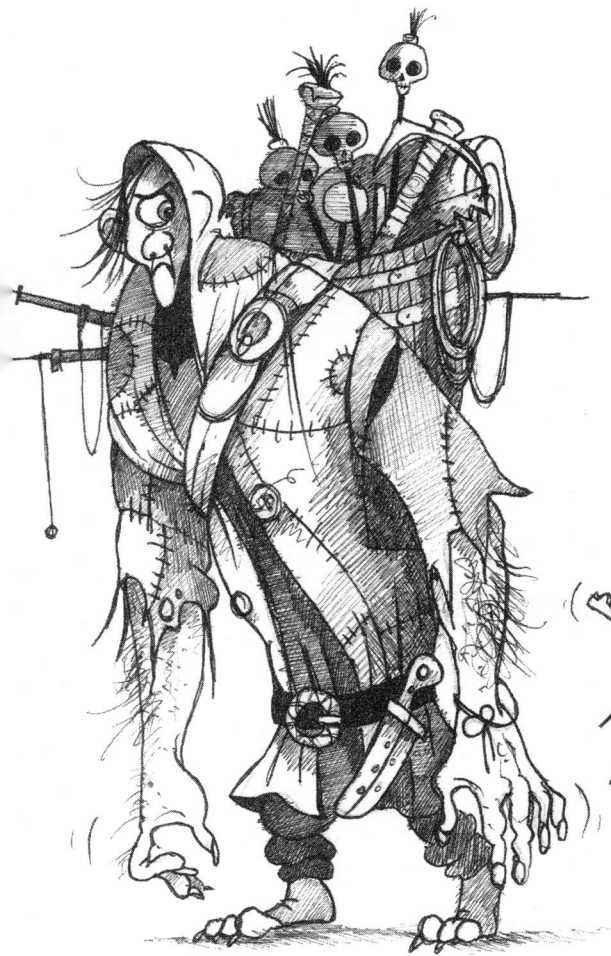

奴熙很想安抚儿子，却发现这十分困难，尤其是在一头巨怪狭窄、干燥、闻起来有一股羊肉味的手掌心里。

她不顾一切地把手伸进口袋，搜寻来的时候放进去的应急肥皂。找到了！但萨曼莎的掌心里空间太小，她不得不努力扭动胳膊，好不容易才把肥皂弄了出来。她抓住肥皂，在巨怪的皮肤上用力地摩擦。那满是瘤子的皮肤很快就起了水泡，冒出一股烧焦般的蒸汽。

"啊啊啊啊啊啊啊，呜呜呜呜呜呜，哇哇哇哇哇哇！"

巨怪的痛呼简直太可怕了，奴熙和小米姆从没听过如此高分贝的喊叫。那声音在山谷里如雷声般久久回荡。萨曼莎在空中甩着拳头，奴熙和小米姆也忍不住尖叫起来。奴熙在惊恐中用力抓住肥皂，没想到肥皂一滑，从她的指间"咻"地溜走了。肥皂从巨怪的指缝间漏了下去，直直地落到了雪地上，发出小小的一声"砰"。

"嗷，讨厌的烂泥蘑菇！"奴熙忍不住说了句脏话。

就在肥皂从空中滑落的时候，有一样东西飞了过来。尽管清晨的第一缕阳光已经慢慢出现在天际，但天色依旧很暗，根本看不清那到底是什么东西。

奴熙第一个看见了那东西——那是一些生物，身后拉着什么东西。无论在什么地方，她都能认出来——那是圣诞老伯和他的雪橇！奴熙紧紧抱住小米姆，母子俩一起从巨怪的指缝间朝外看。他们看见雪橇在空中盘旋，圣诞老伯身边还坐着两个人，是两个人类：一个成年女人和一个小女孩。但那都不重要，重要的是圣诞老伯来了。

"妈咪，我们就要得救了！快看！圣诞老伯来啦！"小米姆兴奋地尖叫起来。

"希望如此。"奴熙不确定地说，然后把儿子紧紧地抱在怀里。

圣诞老伯放慢了雪橇的速度，绕着巨怪们的脑袋转圈。

"放了他们吧，"他恳求道，"他们是爱好和平的妖精，不会伤害你们的。让他们走，然后我们来谈谈。"

山谷里聚集了越来越多的巨怪，他们全都是驼背、鹰钩鼻、骨节粗大的灰皮肤生物。有一只眼睛的，两只眼睛的，还有三只眼睛的，有些甚至长着两个脑袋。他们有高有矮，在微弱的晨光中显得尤为可怕。

最大的那座山的洞穴里传来一阵沉重的脚步声，每一步都让大地发生了微微的震颤——是厄古拉和她的丈夫乔。

厄古拉是那么地高大，几乎把月亮都挡住了。她的头发乱得就像狂风中的大树。她一张嘴就可以让你看见那仅剩的三颗牙齿，无论大小还是形状都像极了一扇扇腐烂的灰色大门。

这时候又飞来一只故事精灵，在厄古拉耳边窃窃私语。

与此同时，圣诞老伯把雪橇降落在离巨怪们相当远的地方。

"听好了，"他对布利赞和多纳说，"这非常重要。你们必须把玛丽和艾米莉亚送回妖精堡……从秘道走，朝着东北方向。"

"你怎么办？"玛丽焦急地问，眼里充满担忧。

圣诞老伯从雪橇里跳了出去："我？我要去和巨怪们讲和。"

"抓我吧，放了他们。"圣诞老伯走到巨大的厄古拉面前站住，大声说道。她的皮肤是那么地粗糙，坑坑洼洼，就像山谷两边的岩石一样。她打了个嗝，那气味难闻极了，似乎是腐烂的山羊肉的味道。

"你看，为什么要吃他们呢？"圣诞老伯说，"妖精们又瘦又小，根本就没有几两肉，再看看我的大肚子，显然比他们好吃多了。"

"放了他们，萨曼莎。"厄古拉开口了。她的声音是一种低沉的轰鸣声，就像一座山在说话（如果山真的会说话的话）。

一只会飞的故事精灵又飞到她耳边窃窃私语。

奴熙和小米姆感觉到自己所处的高度在降低，然后突然间飞到了空中。他们紧紧拉住彼此的手，一路飞出巨怪山谷，飞过精灵居住的苍翠山丘。终于，他们落在了一个覆盖着积雪的山坡上，不远处就是真话精灵的小木屋。他们从山坡上往下滚，越滚越快，越滚越快，很快就变成了两颗大大的雪球，只有脸还露在外面。

"妈咪，我要吐了。"小米姆颤抖着说。他真的吐了。（这里我们就不详细描述了，不过，妖精的呕吐物其实是种漂亮的紫色物质。）

他们刚把身上的雪抖掉，小木屋的门就打开了，真话精灵跳了出来。

"又见面了。"奴熙一边上气不接下气地说，一边继续拍打身上的雪，"我们需要你的帮助……圣诞老伯有麻烦了。"

圣诞大餐

在厄古拉的洞穴里，圣诞老伯就躺在正中央一块大大的石头上。厄古拉命令独眼巨怪萨德把圣诞老伯固定住，于是他用一只手按住了圣诞老伯的肚子。厄古拉的洞穴很高很高，她和乔可以像比较矮小的尤特怪（只有圣诞老伯的三倍高）一样在洞里站直身体。厄古拉居高临下地盯着圣诞老伯，往他身上撒了一堆香草和岩盐。

"我们要吃圣诞大餐，"厄古拉说，"我们要吃圣诞老伯大餐。你很小，但一定很好吃。圣诞好，圣诞妙。萨德，点火。"

"听着，厄古拉。"圣诞老伯说着，努力想坐起来，但显然不是萨德的对手。他的魔法失灵了。

现在，空气中似乎一点魔法也没有了，只剩下简单的自然法则。因此，他对压在自己肚子上的那只沉

重的大手毫无办法。他感到身下的大石头变得越来越热，忽明忽暗的影子在洞穴里的墙壁上跳跃，呈现出一种火焰般的橘红色。他突然意识到，这不仅仅是块石头，还是个炉子！圣诞老伯就要被活活烤熟了！

"我不明白，到底发生了什么事？你们明明签了和平协议，所有的巨怪和妖精都应该和平相处。大家都签了和平协议，就连精灵和复活节兔子都签了，复活节兔子住的地方离这儿可有一百英里远呢。到底是哪里出了问题？去年圣诞节你们为什么要袭击妖精堡？又为什么要在今天做这种事情？今天可是圣诞节啊，是代表和平、理解和友好的日子。"说到这里，圣诞老伯突然想起自己还是个小男孩的时候，曾被关在妖精堡的监狱里。当时他为了保命，被迫杀死了一个名叫塞巴斯蒂安的尤特怪。

"难道是为了给塞巴斯蒂安报仇？"

但这显然不关塞巴斯蒂安的事。

"没人在乎塞巴斯蒂安。"塞巴斯蒂安的哥哥贺拉斯说——他正在厄古拉身后的某个角落里抠鼻屎，"塞巴斯蒂安烦人。"

"难道是因为修理草？这我可得跟你们讲讲，作为妖精议会的会长，我已经下令不准任何人种植修理草……"（修理草是一种危险的植物，巨怪要是不慎吞食，脑袋就会爆炸。）在这个节骨眼上，眼看着自己就要被活生生地烤熟了，圣诞老伯突然有点后悔自己下令取缔了修理草。）"所以究竟是怎么回事？去年的袭击到底是什么原因？"

"我们巨怪不想被别的东西打扰。"乔半睡半醒地说，仿佛是在回忆一场梦，"我们不想妖精来这里，更不想你这样的东西来这里。"

"我这样的东西？"

"人类。你去了人类的地方，他们也会到这里来。"

"人类没有你们想的那么坏，他们根本就不知道巨怪的存在。"圣诞老伯想知道现在几点了，孩子们很快就要从睡梦中醒来，难道要他们再一次看到空空如也的长袜吗？我必须离开这儿，他想。滚烫的石头已经开始烧灼他的红大衣。

"我们不喜欢闯入者。"厄古拉说。这时候，圣诞老伯注意到，洞穴里有好几百只故事精灵在飞来飞去，他们的翅膀反射出火苗的颜色，闪烁着橘红色的光。他们穿着亮闪闪的衣服，手握成杯子状凑在巨怪的耳边，一个劲儿地窃窃私语。

"别信他，"一个巨怪说。

"他不是好人类。"另一个巨怪说。

圣诞老伯开始明白是怎么回事了。

"那精灵呢？"他反问道，"你们欢迎精灵来这儿吗？"

"当然不。"厄古拉粗声粗气地说。

"可是你看！他们在这里到处乱飞！"

巨怪们抬头张望，发现他说得没错。

他们身边确实有好多好多会飞的故事精灵。在这以前，他们压根儿就没注意到精灵的存在，因为他们就是些爱窃窃私语的小东西，根本不想被人注意到。

"到处飞。"厄古拉呆呆地看着这些精灵，嘴巴张得大大的。

"他们在你们耳边窃窃私语……他们让你们相信一些不真实的东西……他们在给你们洗脑！"

巨怪们一听都气坏了。双头巨怪的其中一个头气急败坏地说：“巨怪不蠢，你是在说我们聪明的大巨怪自己没有脑子？”

圣诞老伯此刻已经浑身滚烫，他的后背好像马上就要像他的外套一样被烧焦了。就连压着他的萨德都感到很烫，他的前额流下一滴大大的汗珠，在半空中蒸发了一半，最后只剩下鹅卵石大小，在圣诞老伯的大肚子上“砰”地弹开了。

“我只是想告诉你们一个事实。会飞的故事精灵们让你们害怕外来者……你们都被洗脑了。这就是事实。”

“事实就是我们要把你吃掉。”厄古拉说，“看，我们等的就是你……不是那个妖精和那个小男孩。”

“可你们怎么知道我会来？”圣诞老伯十分不解，他的脸红得像一块烧红的煤块。这个问题似乎真的把厄古拉难倒了。

“我们……就是知道。现在，给我添火，温度不够。”

但就在这时，圣诞老伯听到一个声音，在巨怪"哼哧哼哧"的呼吸声和火焰的"噼啪"声中显得尤为突兀。

那声音是从洞穴里传来的。有可能是一个脚步声。非常近，就连厄古拉也听到了。

"有噪音。"

萨德也听到了。他从自己的眼窝里掏出唯一的一只眼睛，发出"噗"的一声。他举起眼睛，四处挥舞，这样就能看到洞穴里的全貌。

"一个人类女孩。"他说。

"噢，不，艾米莉亚。"圣诞老伯喃喃地说，"可怜的傻孩子。"

崩塌的洞穴

萨德一只手把眼睛放回眼窝，一只手粗鲁地抓着圣诞老伯的脖子。温度已经高得让人无法忍受。不一会儿，一个毛发浓密的尤特怪出现了，手里抓着扭动着的艾米莉亚。她正不停地大声尖叫。萨德凑过去想看看发生了什么，抓着圣诞老伯的那只手稍稍放松。圣诞老伯已经热得不行了，正在不停地冒汗。

"艾米莉亚！"圣诞老伯气喘吁吁地说，"你来这儿干什么？"

多毛尤特怪对自己的猎物感到很满意："午饭后的圣诞布丁。"

"我想来救您，就像您救了我一样。"艾米莉亚急促地说，"我欠您的。"

"你什么也不欠我。"

艾米莉亚摇摇头，被尤特怪抓住的头发被扯得生疼。这只尤特怪名叫西奥多，他长着一颗歪斜的脏牙。但艾米莉亚一点都不害怕。她已经受够了恐惧，现在什么也不怕了。"不，这不是您的错。我生气是因为人生中有太多悲伤的事情，可人生不就是这样吗？况且还有很多开心的事情和充满魔法的事情呢。您做的是好事，是很棒很棒的事。那年圣诞节我真的很快乐，尤其是在打开礼物的一瞬间，我是那么，那么，那么地快乐。不仅仅是因为收到了礼物，还因为终于知道了魔法原来真的存在。您让这个世界变得更加美好。不管现在我们身上发生了什么，都不是您的错。您是个好人，圣诞老伯，您做了一件大好事。"

　　"真无聊。"乔说。他像所有的巨怪一样，对动人的话过敏。他抠了抠自己的耳朵，眼睛盯着抠出的那坨耳屎，"我们杀了他们，厄古拉，一人一个，开始。"

　　圣诞老伯正在思考着艾米莉亚说的话，突然，他注意到外面的天空中出现了彩色的亮光，就像艾伯特亲王的圣诞树一样缤纷：绿色、粉色、紫色、蓝色。

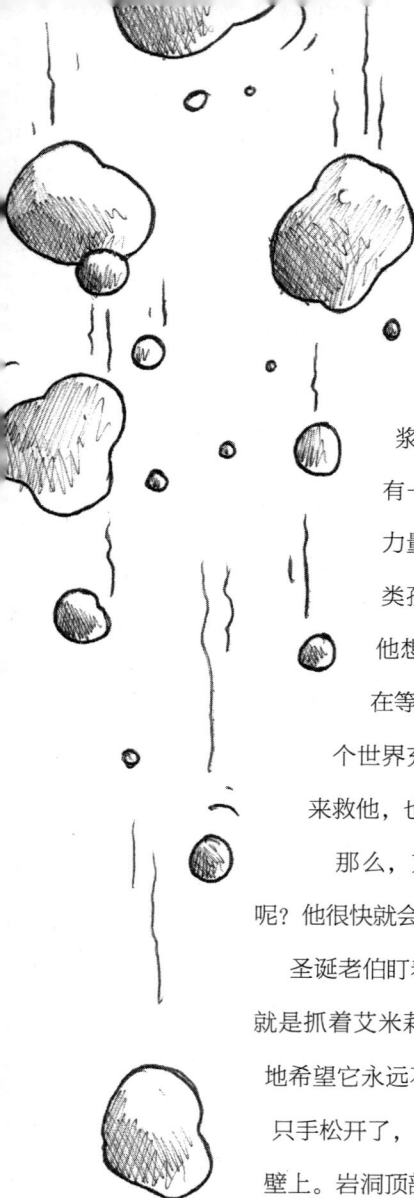

一股熟悉的暖流传遍他的全身，就像喝了一大口温暖的糖浆。这跟他身下熊熊燃烧的火焰没有一点关系。这是梦芯咒和魔法的力量。艾米莉亚让他看到了一个人类孩子的善良、坚强和勇敢，这使他想到世界上还有那么多的好孩子在等待他们的礼物。是她的善良让整个世界充满了希望，让她不顾危险地前来救他，也是这种善良创造了魔法。

那么，艾米莉亚到底创造了多少魔法呢？他很快就会知道了。

圣诞老伯盯着尤特怪那长满瘤子的左手——就是抓着艾米莉亚头发的那只手——全心全意地希望它永远不要伤害艾米莉亚。突然间，那只手松开了，一拳头砸到了西奥多头顶上的岩壁上。岩洞顶部出现了一条裂缝，紧接着又出现了第二条。

"你在干什么？西奥多？"厄古拉生气地大喊，顺手挥出一拳（巨怪是出了名的暴脾气），岩壁上出现了更多的裂缝。

"洞穴要塌啦！"乔大喊起来。

"我们得赶快离开这儿，"艾米莉亚说，"免得……"话还没说完，岩洞顶部就开始崩塌，一块大石头朝她的脑袋砸下来。艾米莉亚纵身一跃，惊险地躲过一劫。石头砸在地上，发出雷鸣般的响声。

这时候出现了另外一个声音。但那声音既不属于巨怪，也不属于艾米莉亚或圣诞老伯，而是属于洞穴里的另外一个人。

"圣诞老伯吗？是我！"

噢，不，是玛丽。

他看见她了。她举起一块大石头，用力地朝萨德的脑袋砸去。石头狠狠地砸中了他的脑袋，灰绿色的巨怪血液应声流出，滴在滚烫的炉子上吱吱作响。他松开了箍在圣诞老伯脖子上的手，痛得直跺脚。这下可好，洞穴里的裂缝越来越多了。

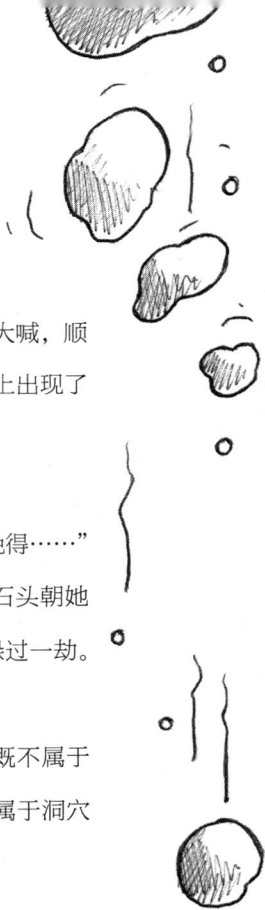

圣诞老伯一翻身，从滚烫的炉子上滚了下来。他听到"砰"的一声巨响，一块落石砸到了玛丽的脑袋，"嗷！嗷！嗷！"她躺在地上一动不动。

圣诞老伯感到一阵揪心的悲痛，仿佛被大石头砸中的是他自己的心脏。

"玛丽？玛丽？你能听见我说话吗？玛丽？"

巨怪们努力地想撑住岩洞的顶部，不让它整个儿崩塌下来。

"您能救她的！"艾米莉亚大喊一声，感到一股强烈的希望在体内翻涌——她知道自己的希望能帮到他。现在她知道了，这就是为什么宇宙间充满了魔力，原来只要单纯地许下希望，就可以实现任何愿望。"您可以的，您一定可以！"

梦芯咒

圣诞老伯环视了整个洞穴。没时间了。

没时间了。

没时间了。

他看了看艾米莉亚的脸，尽管洞穴正在崩塌，但希望又回到了她的脸上。丝丝光芒从岩石的缝隙中射了进来，洞穴里闪烁着柔和的绿光，被照得亮堂堂的。巨怪、会飞的故事精灵、岩壁……一切的一切都沐浴在魔法之光里。这光芒为他们指引了一条逃生之路。艾米莉亚的眼中也闪耀着充满魔力的绿光——那是希望的颜色，也是圣诞节的颜色。圣诞老伯很清楚，这光芒来自艾米莉亚的希望，他的魔法也来自艾米莉亚的希望。她和玛丽，她们奋不顾身地跑来救他的同时，也拯救了圣诞节。原来只要这样就足够了，不需要华丽的雪橇，也不需要精致的钟表和按钮，只要简简单单地为他人着想，就足以让空气中充满魔法。于是，他闭上双眼，以前所未有的热切与真诚许下一个愿望：希望时间停止。

当他再次睁开眼睛时，艾米莉亚的动作停止了。不光是她，洞穴中的一切都静止了下来，岩洞上方落下来的岩石就这样悬浮在半空中。

他成功地停住了时间。

在这静止的一刻，他跪下来注视着玛丽，生命正从她脸上逐渐消逝。他许了一个愿。他想起曾在这对明亮的眼睛里看到善良，忍不住俯下身去亲了亲她的前额，说："我爱你，玛丽。"

这是他第一次说出这三个字，也是第一次真切地体会到其中的含义。既然他们已经超越了时间，那么相识一晚和相识一辈子也没有什么区别。

他仿佛已经了解了她过去的一切，也能清楚地看到他们俩在一起的未来。他想永远和她在一起。他甚至可以看到他们结婚的那天。这可不是一个普通的愿望，里面有魔法，有梦芯咒。这个无形的希望咒语在这个善良的灵魂消亡之前找到了它,为它注入了生命。玛丽的双眼开始轻轻翕动,仿佛两个藏在窗帘后面的影子。

"玛丽?玛丽?"

终于,她的眼睛完全睁开了,在他面前闪闪发亮。她活过来了。

"玛丽!"他非常激动,完全不经思考地叫出声来,"我爱你!"

"我也爱你。"这句话来自她体内所有的真理、希望、爱和魔法,是给圣诞老伯最好的礼物。

玛丽看到悬在空中的大石头,脸上露出了害怕的神色:"为什么艾米莉亚还像个雕像似的僵在那儿?"

"因为我停住了时间。现在我得让时间恢复正常,然后带她离开这儿……我们必须向着光的方向走,光会把我们带到安全的地方。你先去吧,快。"

玛丽摇摇头:"我要跟你一起走,我的好先生。我等了一辈子,好不容易才找到一个爱人,才不会把他一个人留在巨怪山洞里不管!"

圣诞老伯看了看那些巨怪，大部分都在忙着撑住岩洞顶部。只有萨德一个人躺在地上，举着他唯一的眼睛朝他们这边看。

在恢复时间之前，圣诞老伯爬上一块石头，从萨德手里拿走了他的眼睛，把它放在他的脚边。

"给他留条活路。"

接着，圣诞老伯恢复了时间，然后立刻对艾米莉亚大喊："快！这边！跟着光的方向！"他刚准备拔腿离开，却感觉到一股罪恶感充满了胃部。今天是圣诞节，他却把几十个生物留在这里等死。那感觉在他的胃里变得越来越强烈。圣诞节是对所有生物表达善意的时候，其中也包括巨怪。

他停下了脚步，对他们大声喊道："你们这样没用的，山快要倒了，所有人都必须跟着光走，它会指引我们到安全的地方，快！哦对了，萨德，你的眼珠在你脚边！"

巨怪们面面相觑。刚刚他们还准备杀了圣诞老伯，现在他却要反过来救他们的命。

圣诞老伯、玛丽和艾米莉亚用尽全力飞跑起来，一边躲避着从头顶上掉落下来的大大小小的石块，一边在比伦敦的雾霾还要浓重的灰尘中穿梭。终于，他们冲出了洞穴，又一次呼吸到了新鲜的空气。就在山洞倒塌的前一秒钟，巨怪们一股脑儿冲了出来，一个个咳个不停。他们站在圣诞老伯一行人的面前，一个也不少，仿佛一排小小的山脉。

"你救了我们。"厄古拉一边说，一边咳出了一大片云朵般的灰尘。

乔站在她身边，恭敬地点了点头："谢谢你。"

"你改变了我对人类的看法。"他说。

"那我们还杀他吗？"萨德问。

"杀他。"双头巨怪的右头（瘤子更多的那个）说。

"不杀他！"双头巨怪的左头（比较善良、胡子更多的那个）说。

就在双头巨怪自己跟自己吵个不停的时候，厄古拉思考了起来。过了一会儿，她开口了："你善良，是好人，圣诞老伯，我知道。别人不是这么说的。"

"这是真的。"一个声音在他们身后响了起来。

　　所有人都朝声音的方向转过身，只见一个没有翅膀的小精灵站在雪地上，双手叠放在胸前。她坦率地直视着厄古拉，眼睛里闪烁着真理的光芒。

雪地里的脚印

"**真**话精灵！"圣诞老伯欢呼起来。艾米莉亚看见一个小小的生物站在月光下。在她身边还有两个不那么小的生物，他们都长着尖尖的耳朵，显然是一对母子。小精灵只有妖精的一半高，穿着一件亮黄色的袍子，精致的小脸上挂着狡黠的神色。艾米莉亚觉得这是她这辈子见过的最可爱的生物，但她同时也很担心巨怪们会不会把这些小东西杀掉。突然间，克利帕济贫院似乎也显得不那么可怕了。

"真话精灵说得对，圣诞老伯是最善良的人类。"艾米莉亚对巨怪们说。

真话精灵被奴熙用手肘轻轻推了一下，只好继续说下去："没错，圣诞老伯是个好人，他努力想把人类世界变得不那么糟糕，这是好事一桩，也不会让我们面临什么危险。人类自己就够忙活的了，根本没空搭理我们。会飞的故事精灵告诉你们的都是谎话，虽然我也不知道他们为什么那么做，但我认识的每个精灵都在谈论这件事。他们想把你们弄得比现在更蠢，也就是非常非常蠢。"

"骗子！"萨德大吼一声，抬脚往地上用力一跺，整个山谷都震了起来，山坡上的积雪簌簌掉落。

"她没说谎。"乔一边说，一边漫不经心地挠挠屁股，"她是真话精灵。"

厄古拉伸出一只沙发大小的巨大手指，指着艾米莉亚和玛丽："她们就是人类。"

艾米莉亚深吸了一口气，在雪地中上前一步："圣诞老伯把我们从一个可怕的地方救了出来，这就是我们出现在这里的原因。别忘了他也救了你们，我实在觉得你们应该好好感谢他，而不是在这儿以大欺小。"

小米姆忍不住鼓起了掌，他已经开始喜欢艾米莉亚了。

厄古拉附身向前，冲着艾米莉亚呼出一口气。艾米莉亚不得不努力抑制住想吐的冲动——巨怪的口气简直比克利帕先生的还要糟糕，有一股烂白菜混合着羊屎和脚汗的气味。

"你勇敢，人——类女孩。"厄古拉说。

"谢谢，现在我们能走了吗？圣诞老伯还有好多好多礼物要去送。"

就在这时，一个会飞的故事精灵飞了过来，停在厄古拉的耳边开始窃窃私语，厄古拉一掌将他拍飞："滚开，臭精灵！离我们的耳朵远点！"精灵在空中摇摇晃晃地飞走了，消失在苍翠山丘上方的黑暗中。

与此同时，奴熙在雪地里向前跨出一步。她清了清嗓子，抬头直视着厄古拉——有史以来最高大的巨怪，她灰色的大脸和奴熙之间隔着四分之一英里。奴熙拿出了她的笔记本。

"打扰一下，巨怪之王。我是奴熙，《每日雪情》的记者——《每日雪情》是一份报纸，就像《厄古周报》一样——我想问您一个问题。"

厄古拉低头看着妖精，就像你低头看着鞋子上粘着的什么东西一样。她对报纸之类的东西没有半点兴

趣，即便是巨怪的报纸——《厄古周报》，她也只读过一次。（不过说句公道话，《厄古周报》自出版以来就从来没变过——永远是一块大石板上写着"巨怪万岁"四个大字。）

"啥问题？"

"我想问的是……去年你们为什么没有袭击每日雪情办公大厦？你们把整个妖精堡夷为平地，每日雪情办公大厦却完好无损。"

厄古拉开始思考。这花了她很长的时间。她的脸上露出痛苦的表情，事实上也确实如此，因为思考总是让巨怪头痛无比。

"我们不袭击《每日雪情》，因为词语大师是好人。"

"谁是词语大师？"奴熙不解地问。

厄古拉摇摇头："词语大师在《每日雪情》里，他们这么叫他。"

"他们？他们是谁？"奴熙追问道。

然后她注意到，会飞的故事精灵们此刻纷纷离开了巨怪，飞往苍翠山丘中的精灵领地。厄古拉也注意到了这一点，于是她伸手抓住了一只精灵。这是一只身穿银色衣服的男精灵。奴熙见过这个精灵，就在那天早上，在沃多老伯的办公室里，当时这只会飞的故事精灵就在窗外徘徊。她想起了去年的平安夜：沃多老伯来到玩具工厂，雪地上的脚印来自苍翠山丘的方向，而非每日雪情办公大厦。沃多老伯一向讨厌圣诞节，自从圣诞老伯取代了他的位置当上了妖精议会的会长之后，他就一直对圣诞老伯怀恨在心。

"请不要伤害我。"精灵发出一声无助的尖叫，捏住他的巨怪比他大了整整一千倍，就好像一个人捏着一小片银箔似的。

"你们为啥在我们耳朵里说话？不说真话就吃你。"

"为了词语！是词语大师叫我们做的！他保证给我

们好词语，长词语，我们见都没见过的词语。"

"我真是受够了这些故事精灵，不过这听着倒像句真话。"真话精灵说着，转身回家去了。

奴熙想起了自己小时候捉到故事精灵的那件事，还有曾曾曾曾曾祖父为了表示道歉而送给他的那个长长的词语——"杂七杂八"。

"词语大师？"突然间，所有的谜团都解开了，"是沃多老伯！沃多老伯最爱词语。"

圣诞老伯盯着奴熙："今天是他让你来的吗？"

奴熙点点头："是的。"

厄古拉在月光下显得十分伤心，一颗大大的眼泪从她脸上滚落，"啪"的一声掉在艾米莉亚身边。她放走了那只精灵。

"我们错了，对不起，我们惩罚词语大师。"

圣诞老伯摇了摇头："不，不；你们别管词语大师了，我是说沃多老伯，妖精议会会处理他的。我们只希望你们别来打扰我们，再也别听任何故事精灵胡说八道了。现在，在天亮之前我们还有很多事情要做，所以……"

厄古拉点点头。萨德一脸失望。圣诞老伯一行一路小跑回到雪橇上。艾米莉亚第一个到，煤灰船长立刻从无限空间袋里探出了脑袋。

"我刚才见到了活生生的巨怪，"艾米莉亚迫不及待地告诉煤灰船长，"还有各种精灵。你看，这儿就有两个妖精，这是奴熙，这是她的……"

奴熙揉了揉儿子的头发，她和他一起坐在雪橇的后座上："他叫小米姆。"煤灰船长"喵"了一声，在小米姆的身上蹭了蹭脑袋。它和这个小妖精差不多高，简直可以给他当小马骑，艾米莉亚默默地想。

"你长得可真奇怪，"煤灰船长用猫咪的语言对小米姆说，"不过我喜欢你。"

"你好，"小米姆笑着跟艾米莉亚打了个招呼，"你几岁？"

"你猜我几岁呀？"艾米莉亚反问道。

小米姆把艾米莉亚上上下下打量了一遍，她的个子可真高呀。

"四百〇八岁。"

艾米莉亚哈哈大笑。玛丽也大笑起来："我才不敢让他猜我几岁呢！"

艾米莉亚告诉奴熙，她想成为一个作家，就像查尔斯·狄更斯一样。奴熙突然红着脸捂住儿子的大耳朵，因为"狄更斯"在妖精语中是个不礼貌的词。

玛丽和圣诞老伯并排坐在雪橇前排。时钟指向"差一点就天亮了"。

布利赞和多纳扭过头看着圣诞老伯，只等他一声令下。

"飞吧，我的驯鹿们！"

他们飞了起来。

回家

圣诞老伯拿起话筒，托普老伯早就在玩具工厂总部焦急地等着了。

艾米莉亚一边听一边微笑，至今难以相信自己正坐在雪橇上飞过云端，偷听圣诞老伯和一个妖精用某种叫作电话机的东西对话。

"他们很安全，托普老伯……是……是的，不骗你！快告诉哼哼……一切都是沃多老伯搞的鬼，我们在明天的妖精议会上再来处理他吧，现在还有些急事要做。"

接下来，圣诞老伯带着玛丽、艾米莉亚、奴熙和小米姆，为全世界的孩子送去礼物。希望刻度表和北极光一样明亮耀眼。因为充满了希望，天空中仿佛正在上演一场妙不可言的灯光秀。艾米莉亚从未见过如此神奇的景象。

"这真是……"她说到一半才意识到，自己根本找不出一个词来形容眼前的一切，那景象美得无以言表。

圣诞老伯转过身对她微笑："这就是希望的样子。多亏有你，是你让这一切变成现实，因为你相信魔法的存在。"

就这样，他们飞遍了全世界的每一个角落：北方、南方、东方、西方。艾米莉亚发现，这个世界原来很大很大，有好多好多的孩子。让煤灰船长着迷的是，世界上竟然有这么多的猫咪在屋顶上睡觉（这天晚上最大的一个难题就是如何把煤灰船长留在雪橇上）。

煤灰船长不捣蛋的时候，艾米莉亚就腾出手来，从无限空间袋里往外掏礼物——它们每一样都包装精美，和小米姆一起猜里面到底是什么。是个球？还是陀螺？是毛绒玩具？还是一本书？还是巧克力币？地球仪？小蜜橘？

圣诞老伯驾着雪橇飞过巴黎上空时，艾米莉亚、奴熙和小米姆在后排香甜地睡着了。要是他们醒着的话，准能看见玛丽正亲昵地握着圣诞老伯的手。

"你是个大好人，"她说，"可你一直过着远离人类的生活，难道不觉得寂寞吗？"

"有时候觉得。"圣诞老伯答道，这时候他们正好飞过金灿灿的凡尔赛宫，"要是能有个人类陪在身边，那感觉一定很棒。"

"你的意思是我们能跟你待在一起啰？我是说，我们需要时间来适应……那些尖耳朵、大眼睛的妖精。"她转过身，看着奴熙和张着嘴呼呼大睡的小米姆，"我知道，这有点唐突，但我们还是希望能先和人类一起住一段时间，要是你还是人类的话。"

圣诞老伯听了这话，快乐得脸都红了："我当然是人类，只不过是被施了梦芯咒而已，就像你一样。"

"我现在也可以施魔法了吗？"

"你一直可以，亲爱的。第一次看到你那双亮晶晶的眼睛时，我就感觉到了魔法的存在。"

玛丽不懂浪漫，高兴的时候只知道一拳打在圣诞老伯的胳膊上："真会花言巧语！"不过她不得不立刻抓住那只胳膊，因为圣诞老伯差点从雪橇上飞出去。

"话说回来，"圣诞老伯说，"你们当然可以跟我住在一起。整个妖精堡除了我的房子之外，任何一家的门你都得挤一挤才进得去。"

"讨厌！"玛丽咯咯笑了起来。布利赞和多纳在空中一个俯冲，领着其他驯鹿一起降低了高度，准备去为巴黎的孩子们送礼物。

又过了好几千站，圣诞老伯觉得是时候了。"艾米莉亚，你想不想自己来驾驶雪橇？看在你连续两次拯救了圣诞节的分儿上。"

"这个，今年可不是我一个人的功劳，奴熙和玛丽也帮了不少忙。"

奴熙伸出手在空中用力一挥："拯救圣诞节的女孩们！"

"女孩们？"玛丽说，"我都已经五十八岁了！"

艾米莉亚爬到前排，听圣诞老伯讲解怎样操作仪表盘。上面有时钟、希望刻度表，还有停止时间和重启时间的按钮。艾米莉亚发现，现在的时间刚过"早晨即将到来"。

"这是妖精时间，"圣诞老伯解释道，"妖精不喜欢计数。"

说着，他递给艾米莉亚一本自己写的书——《雪橇大全》："你看，艾米莉亚，会写书的可不止狄更斯先生一个。"

艾米莉亚是个天生的雪橇手，她每拉一次缰绳，驯鹿们都会做出精准的反应。好吧，在苏格兰的尼斯湖上差点翻车的那次除外，不过那都是因为她被水里伸出来的长脖子怪兽吓了一大跳。

"一旦你开始相信无限的可能，就能看见各种各样的东西。"圣诞老伯是这样解释的。

当他们抵达一个名叫克里斯提南考庞基的芬兰小城时，艾米莉亚几乎能做到在任何地方安全着陆了。她让雪橇停在了一座小小的教堂的小小的屋顶上。圣诞老伯深吸了一口寒冷的空气，静静地环视四周。

"看见那边的树林了吗？"他指着不远处的黑暗中高耸入云的树木，它们像极了一把烟囱刷。

"看见了。"艾米莉亚说。

"很久以前，一个名叫尼古拉斯的小男孩就住在那里。他和他做伐木工的爸爸一起住在一间小小的木屋里。他什么也没有，除了一个萝卜娃娃和一只老鼠。他又瘦又小，衣衫褴褛。有一天，他的姑妈过来照看他，逼他睡在室外冰冷的雪地里。但从某种意义上来说，他拥有一切。因为他相信魔法的存在，相信一切都有可能发生。"

"我喜欢那个小男孩。"艾米莉亚说。

"我也是。"玛丽说着，捏了捏圣诞老伯的手掌。给克里斯提南考庞基的第十七个孩子送完礼物之后，艾米莉亚驾驶着雪橇一路向北，飞回妖精堡。她完全不知道自己的生活将会怎样，也不知道一个人类孩子要怎样融入妖精的世界。但她想，那无论如何都会比在济贫院好得多。雪橇在驯鹿场的中央缓缓降落，在妖精们铺天盖地的欢呼声中，微笑爬上了艾米莉亚的脸庞。

"为什么我感觉不到冷？"她不解地问道。

圣诞老伯微笑着摇摇头："这是妖精的天气，温度总是和你的体温保持一致。"

然后他注意到，真话精灵正和她的新男友——谎话精灵——站在一起。谎话精灵是一个小个子的男精灵，身穿绿衣，长着黑色的头发和黑色的眼睛。他很英俊，大概是有史以来最英俊的一个精灵。真话精灵的老鼠玛塔从她黄衣服的口袋里探出脑袋东张西望，一看到那尾巴尖上长着一撮白毛的黑猫就迅速缩了回去。

小米姆兴奋地上蹿下跳，很快就要见到爸爸了！哼哼在人群中一路狂奔，他必须要亲眼见到小米姆和奴熙才行。

奴熙和小米姆终于看到了这个戴着眼镜的妖精，

急不可耐地从雪橇上跳下去，抱住了他——他们爱他胜过这个世界上的任何人。

"真对不起。"奴熙说。

"我也是，爸爸。"小米姆说。

"你们还活着！这比什么都重要！"

哼哼实在是太激动了，恨不得一手把妻子和儿子从地上抱起来，但他其实并没那么强壮，结果在雪地上摔了个四仰八叉，奴熙和小米姆都摔到了他身上。

"呵，呵，呵！"圣诞老伯开心地大笑起来，"现在，让我们来过一个快乐的圣诞节吧！"

"圣诞快乐！"小米姆欢呼起来，这是他最喜欢的四个字。

圣诞老伯看见沃多老伯在人群后面鬼鬼祟祟地溜走了，心想等明天的妖精议会再来对付他吧。现在是享受圣诞节的时候，他要带玛丽和艾米莉亚去看她们的新家。他在雪地上还没走几步，就听见一声低沉的轰隆声。妖精们面面相觑，一脸恐惧。

"嗷，不！"哼哼倒吸一口气，"巨怪又来了！"

"别怕，"圣诞老伯说，这一次真的只是他的肚子在叫而已，"是我的肚子饿了。"

空气中瞬间充满了妖精们的欢笑声。

"哈，正好，我们准备了丰盛的圣诞大餐！"大厨可可说。

"呵，呵，呵！"

"这就到了？"玛丽咯咯地笑着，小小的妖精房子在粉色的朝霞中显得格外可爱，"这就是我们的新家？"

"家。"艾米莉亚对自己轻声说。真是不可思议，她竟然要把这里当作自己的家，和一群妖精还有圣诞老伯住在一起。她想起妈妈说过的一句话："人生就像一根烟囱，有时你必须得穿过黑暗，才能见到光明。"她望着周围那一座座覆盖在白雪之下的小房子，心想自己终于做到了。

这就是光明。

她温柔地抱起煤灰船长，走下雪橇，走进一个充满魔法和无限可能的未来。

致谢

我没有妖精朋友，也没有玩具工厂，但我有好多人类需要感谢，是他们的帮助让这本书呈现出现在的样子。

我要对下面这些非常非常好的人说一句大大的感谢：

克里斯·穆德，感谢他充满魔力的、了不起的插图。

法兰西斯·比克莫尔，我才华横溢的编辑。他总是知道哪些部分该删减，哪些部分该扩充。感谢他让我随心所欲地写作。

克莱尔·康维尔，我的代理人，感谢她的智慧和才华。

拉·洛玛雅，感谢她绝妙的设计。

杰米·宾、詹妮·陶德、詹妮·弗莱、尼尔·普莱斯、杰斯·莱西·坎贝尔、薇琪·卢瑟福、安德莉亚·乔伊斯、卡洛琳·克拉克、莉娜·朗格里、艾伦·特罗特、乔·丁格利，以及"制作组的妖精们"，还有坎农格特出版社的全体团队，感谢他们的大力支持。

凯莉·穆里根和斯蒂芬·弗莱，感谢他们用声音的魔法点亮了我的"圣诞有声书"系列。

安德莉亚·森普尔，这个我深爱的人类，感谢她锐利的目光、忍者般的速读技能和编辑技巧，还有太多太多无法在这里一一提及的事情。

我的孩子们，珀尔和卢卡斯，感谢你们成为我创作这些书的理由。

感谢我所有的家人和朋友。

感谢多年来与我见过面或一直保持联系的可爱的读者们。

感谢所有支持我上一本圣诞题材的书的人们，比如西蒙·梅约，珍妮特·温特森，弗朗西斯卡·赛蒙，詹妮·科尔根，弗兰克·科特雷尔·博伊斯，阿曼达·克雷格，汤姆·弗莱彻，还有托尼·布拉德曼。

哦，当然，还要感谢圣诞老伯的存在。

感谢大家！

版权合同登记号　图字：11–2017–302

图书在版编目（CIP）数据

圣诞女孩 / （英）马特·海格著；（英）克里斯·穆德绘；鲁梦珏译 . — 杭州 : 浙江文艺出版社，2018.1

ISBN 978-7-5339-5160-3

Ⅰ . ①圣… Ⅱ . ①马…②克…③鲁… Ⅲ . ①儿童小说—长篇小说—英国—现代 Ⅳ . ① I561.84

中国版本图书馆 CIP 数据核字（2018）第 306316 号

责任编辑　罗　艺　徐轶暄
特约监制　赵　菁　胡瑞婷　孟　玮
特约编辑　董铮铮
装帧设计　所以设计馆

圣诞女孩

〔英〕马特·海格 著　〔英〕克里斯·穆德 绘　鲁梦珏 译

出版发行　浙江文艺出版社
地　　址　杭州市体育场路 347 号　邮编　310006
网　　址　www.zjwycbs.cn
经　　销　浙江省新华书店集团有限公司
印　　刷　河北鹏润印刷有限公司
开　　本　880 毫米 ×1230 毫米　1/32
字　　数　110 千字
印　　张　11.5
版　　次　2018 年 1 月第 1 版　2018 年 1 月第 1 次印刷
书　　号　ISBN 978-7-5339-5160-3
定　　价　55.00 元